지는 해 속에는
내일이 있다

지는 해 속에는 내일이 있다

원경환 지음

한 사람의 삶은 도서관이라고 한다.
나만의 경험이 누군가에게 진한 감동으로 남을 수 있을 것임에,
"제40대 대한석탄공사 사장" 이야기를 남긴다.

좋은땅

책을 내면서

한 사람의 삶은 거대한 도서관이라고 한다. 그 안에 소중한 이야기들은 생을 마감하는 순간 지상에서 사라진다. 얼마나 허허로운가. 그래서 나는 내 인생을 책으로 엮어 세상에 남기기로 했다. 누군가에게 진한 감동으로 남을 수 있다는 생각 때문이다.

나는 제복공직자인 경찰로서 30년을, 안전을 최고의 가치로 삼는 대한석탄공사 CEO로서 2년을 지냈다. 확연히 다른 두 개의 길을 하나밖에 없는 생명이라는 관점에서 조명해 보면 일맥상통하는 점이 있어서 숙연해지기도 한다.

2019년 7월, 제34대 서울경찰청장으로 퇴임하면서, 일생 전반을 간추린 『원경환 자서전-나에게 향수(鄕愁)와 꿈은 영원한 진행형』을 출간했었다. 땔 나무를 하던 산골 소년이 경찰간부가 되기까지의 과정과 "2018 동계올림픽"에서의 세계를 놀라게 한 치안에서 했던 선봉장 역할을 풀어낸 이야기였다.

이제 두 번째 책『지는 해 속에는 내일이 있다-생(生)성(成)멸(滅)의 섭리』를 세상에 내놓는다. 대한민국 경제발전의 초석이었으며, 공기업 1호였던 대한석탄공사 사장이었으나 한 자연인으로서 남기는 이야기다.

정기적 업무 사진, 그날그날의 단상이 어우러진 혼합체이다. 심금을 울리는 문학성, 문제를 제시하는 컬럼, 구체적인 자취의 업무보고서도 아닌, 형식 불명의 글들이다. 그러나 지구상에서 유일한 내 이야기여서 소중하기도 하다.

신뢰와 사랑으로 함께 걸어 준 대한석탄공사 동료들과 친지, 가족, 이웃들에게 감사의 마음을 전한다. 아울러 이 책의 독자가 될 불특정다수인들의 행복과 형통함도 기원한다.

2023년 10월
저자 전 대한석탄공사 사장 원경환

목차

1부

찬란한 검은색

2021. 11. 9.~2021. 12. 31.

① 또 다른 길 위에서

    2021년 11월 9일, 대한석탄공사 제40대 사장으로 취임했다. 두 마음이 날실과 씨실처럼 교차하는 순간이었다. 대한민국 1호 공기업 수장이라는 자긍심과 시대의 변화에 떠밀려 가는 역사적 현장의 그림자였다.

    존재하는 모든 것이 변한다는 것은 거부할 수 없는 진리다. 하지만 그 끝자락은 대체로 우울하다. 종국에는 사라지기 때문이다. 하지만 사라지기 때문에 소중한 역설 앞에서 주어진 일들마다 최선을 다하자고 마음을 다잡았다.

    환영해 주는 직원들의 표정에서 미소를 보았기 때문이다. 사람과 사람 사이를 이어주는 소통이며 신뢰였다. 과거 공직 생활 중에도 오늘과 같은 처음이 있었지만 제복이 주는 견고한 분위기와는 색다른 느낌이었다. 앞으로 겪어갈 인간미 넘치는 관계도 추측할 수 있어서 마음이 열렸다.

    책상 앞에서 대한석탄공사법 제1조를 생각했다.

    "석탄광산의 개발촉진과 석탄의 생산, 가공, 판매 및 그 부대 사업을 운영하게 하여 석탄 수급의 안정을 기함으로써 국민생활의 안정과 공공복리 증진에 기여"한다고 명시되어 있었다.

대한석탄공사는 6.25 전쟁 중인 1950년 11월에 9개의 광업소를 기반으로 공기업 1호로 발족했다. 그리고 경제개발 5개년 계획에 발맞추어 전쟁의 폐허를 딛고 국가 부흥의 중심 역할을 해냈다. 그 눈부신 업적을 어찌 잊겠는가. 석탄은 비단 우리나라뿐만 아니라 인류 역사이래 산업화의 눈부신 문명의 원동력이었다. "검은 다이아몬드"로 불리던 것이 그 증거다.

이런저런 전문적이고 학술적인 내용은 차치하고 나 개인적으로도 간직한 석탄에 대한 고마움이 있다. 1970년대 아궁이에 땔 나무를 해야만 했던 괴로움에서 해방시켜 주었기 때문이다. 그리고 일자리를 찾아 탄광으로 이사를 했던 광부들이 자식들 공부도 시키고 집도 사는 것을 보았다.

쌀과 더불어 생필품 1호였던 연탄, 가난한 가족들에게 꿈을 주었던 탄광, 이제 사명을 다하고서 뒤안길로 떠나간다.

앞서간 역대 대한석탄공사 사장님들의 위업을 더듬어 보았다. 모두가 한 시대를 책임지고 나라를 사랑했던 훌륭한 분들이다. 그 역사적 직선상에 서 있는 내가 아닌가. 젊은 날 경찰로서 다져진 국가관과 의식으로 걸어가야 한다. 그 것이 공로가 컸던 만큼 높았던 위상을 최소한도로 지켜내는 일이라고 믿었다.

취임사에서 이런 말들을 한 것 같다.

"건강과 생명을 지키는 안전이 경영의 최고의 가치며, 직원들의 권익과 복지를 위해 최선을 다할 것이다. 그리고 자본잠식상태에 있어 재정 건전화를 위해 노력하며, 노사 간의 화합으로 어려움을 극복하고 영광의 70년을 어떻게 국민 속으로 끌고 들어갈 것인가를 고민하겠다."

새로운 환경의 분주한 하루를 보내면서 삶의 철학인 진인사대천명(盡人事待天命)을 거듭 마음에 새겼다.

해야 할 일을 다하고 하늘의 뜻을 기다리는 것만큼 양심적인 자세가 어디 있겠는가.

① 취임사,

"건강과 생명을 지키는 안전이 경영의 최고의 가치며, 직원들의 권익과 복지를 위해 최선을 다할 것이다.

노사 간의 화합으로 어려움을 극복하고 영광의 70년을 어떻게 국민 속으로 끌고 들어갈 것 인가를 고민하겠다."

새삼스럽게 삶의 철학인 진인사대천명(盡人事待天命)을 새기다.

② 파이팅을 외치면서, 영광의 70년을 어떻게 국민 속으로 끌고 들어갈 것인가

③ 뒷모습이 아름다운 석탄공사 직원들

② 낯선 지도를 익히며(업무보고)

21년 11월 10일, 학생의 자세로 업무보고를 받았다. 새 학기를 맞이한 교실처럼 책상에 앉아 있는 것 자체가 설렘이었다. 가끔 생소한 전문 용어가 잠자던 도전 세포를 일깨워서 더욱 그랬다.

그 각오 속에는 안전이라는 두 글자가 가장 뚜렷하게 다가왔다. 경찰 시절에 무의식을 잠식한 화두여서 그럴 것이다. 누군가에게는 상투적으로 들릴지도 모르지만 '국민의 생명과 재산을 보호해야 한다'는 직업의식은 아마도 천상에 가서도 사라지지 않을 것 같다.

'안전이란' 편안하고 온전한 상태다. 외부 환경 요인이 변수지만 규칙 제정과 그것을 지키려는 도덕성이 있어야 가능하다. 즉 예방과 안전수칙 실행이 절대적이다. 안전이라는 단어로 철갑을 둘러도 부족한, 극도의 위험지대인 탄광 현장은 어떤 모습을 하고 있을까?

언론매체와 인터넷 등을 통해 간접적으로 보았던 잔상을 확대하면서 업무보고를 받았다.

대표적인 탄광 지역 태백과 도계, 전라남도 화순 현안이 생각했던 것과 크게 빗나가지 않았다. 국내 최고의 전문 기술과 인력을 바탕으로 지하

1,000m 이상 깊이에서 석탄을 생산한다는 것은 널리 알려진 바였다.

머나먼 조상 단군 이래 처음으로, 그 어느 나라보다 잘살고 있다. 대한민국이다. 지금 이 순간 그 어마어마한 행운을 누리는 것이 얼마나 감사한가. 주거 환경의 변화와 환경보호라는 세계적 아젠다를 인정하지만, 그 누군가가 연탄의 따듯함으로 풍성한 꿈을 꿀 수 있기를 기도했다. 아직도 연탄이 필요한 사람을 보호하고 응원하는 것이야말로 정의가 아닌가.

탐탄, 굴진, 채탄, 운반, 선탄, 출하라는 낯선 용어들처럼 듣게 되는 정의라는 말이 사라져가는 탄광의 끝자락에 각인되었다.

1961년생인 나는 후진국 출신(?)이다. "우리도 한번 잘살아 보세"를 노래하면서 대망의 1980년대와 수출 100억 달러, 1인당 국민소득 1,000달러를 향해 전진했던 경험자다. 대부분이 하늘나라에 가시고 없는 조부모님과 부모님이 앞장섰고, 우리 세대는 그분들의 손을 잡고 걸었었다. 마치 6.25 전쟁 피난길에 나선 일가족들 모습처럼 말이다. 열심히 일하는 부모님 등 뒤에서 가난하지만 꿈을 꾸었던 성장기였다.

새마을 운동 기조와 맞물린, 새마을 보일러 속에서 연탄불이 피어났고, 얼마나 큰 연탄창고가 있는가에 따라 빈부를 가늠하기도 했다. 석유파동이라는 것이 기억나고 1970~1980년대 광산촌에서는 개도 만 원짜리 지폐를 물고 다닌다는 소문도 들었었다.

아는 만큼 세상을 이해한다고 하지 않던가. 전대미문의 '코로나19' 상황의 비말차단용 아크릴 칸막이가 몸과 마음을 바쳐 공부했던, 젊은 날의 독서실을 생각나게 했다. 생의 끝자락에서 다시 한번 불꽃을 피워 올려 보리라 다짐했다.

앞서간 세대들의 업적과 동시대 사람들의 노력, 그리고 다음 세대 행복을 위한 연결고리로서 녹슬지 않기를 간절히 염원도 했다.

① 2021. 11. 10. 업무보고, '코로나19' 팬데믹 중이라 사람과 사람 사이의 칸막이도 역사의
한 점이 되었다.

② 아는 것이 힘이다. 공부하는 사장!

3 머니머니 해도 money가… (재무관리) 차담회

    기업(企業)의 사전적 의미는 이익을 목적으로 사업을 하는 경제적 단위체라고 한다. 자금 출처에 의해 사기업(私企業), 공기업(公企業), 공사 합동 기업(公私合同企業)이 있다. 그 어떤 형태든 생산과 판매라는 도식을 벗어날 수 없으며, 적자(赤字)는 존립 자체를 흔드는 치명타다. 이는 어린아이도 아는 일반상식이다.

    선진국에 진입하면서 에너지 공급도 첨단이 되었다. 사라져간 나무 때던 아궁이처럼, 연탄보일러도 민속촌에서나 볼 수 있을 것이다. 지구촌 곳곳에서 활동하는 환경단체는 대기 오염, 온실가스 배출, 생태계 파괴 등을 문제 삼아 석탄사용을 막아서고 있다.

    자세한 것은 생략하고 결론만 말하자면 전면 폐쇄를 위한 속도 조절이 필요하다는 합의를 도출했다. 대한석탄공사의 위상도 퇴색하고 만연 적자라는 것도 언론에 수없이 보도되었다.

    나는 공기업(公企業)의 사명을 마치고 대대로 잘사는 기반을 남겨야 하는 책임을 가지고 있다. 그래서 당장 지금의 재무상태 파악이 중요했다.

지속적인 영업손실로 완전자본잠식 상태에 놓였다는 것을 익히 알고 있지만 말이다. 자본잠식이라는 경제용어는 시쳇말로 밑지다 못해 원래 있던 것까지 녹아 없어졌다는 뜻이다. 그래서 오래전부터 기능조정기관으로 특별관리 대상이었다.

"정부가 2030년까지 공영탄광을 조기 폐광하고 생산 업무가 중단되면 무연탄 공급만으로 단일 사업을 이어가야 한다"는 언론 보도를 알 만한 사람 모두가 인지하는 사실 아닌가.

관건은 석탄산업 중단이 미칠 고용과 경제의 악영향을 해소하는 것이다. 정부와 지자체, 기업이 새로운 기회를 모색하고 있지만 연구 개발의 시간과 얼마간의 시행착오도 각오를 해야 할 사항이다.

해답을 쉽게 찾을 수 없는 업무 검토였으나, 사람에게 초점을 맞춘 재무관리 차담회였다. 가장 작은 자에게 한 것이 나에게 한 것이라는 성서 말씀도 생각났다. 그리고 "최소 수혜자의 입장을 개선시키는, 그러한 절차가 공개된 제도가 있을 때 여러 집단들이 공존할 수 있다"는 존 롤스의 정의론이 얼핏 떠오르는 하루였다.

하지만 뭐니 뭐니 해도 자본(money)이 주가 아닌가. 모든 생명체의 기본이 먹이활동이다. 만물의 영장인 사람에게도 자본이 우선순위로 삼는 것이 맞다.

솔직히 말하면 저물어가는 하루에서 붉은 노을 속을 걷는 것과 같은 심정이다. 곧바로 어둠이 찾아오고 가던 길을 중단해야 하는 나그네가 될 것이다. 대한 석탄공사의 사장으로서 잠 못 이루는 밤이었다.

① 2021. 11. 12. 재무관리팀 차담회, 지속적인 영업손실로 완전자본잠식 상태에 놓였다는 것을 익히 알고 있지만…

② 2021. 11. 12. 재무관리팀 차담회, 뭐니 뭐니 해도 자본(money)이…

④ 장성광업소, 산업 현장

2021. 11. 15. 새벽 3시에 일어나 하루를 위한 기도를 했다. 드디어 역사의 현장, 장성광업소로 첫인사 가는 날이기 때문이다. 국내 최대 탄광으로 1936년 4월 개발되기 시작한 뒤 1950년 11월 1일 대한석탄공사 창립과 동시에 인수됐다는 현장이다.

역대 대한석탄공사 사장들이 가장 많이 방문했다는 이야기도 들었다. 과거 직원이 많을 때는 5천여 명이나 되었으나 현재는 400여 명 정규직원이 근무한다고 했다.

갱도는 수직 지하 600~900미터로서 최대 규모이며, 엘리베이터 역시 국내에서 가장 굵은 로프를 사용한다고 했다.

노령화 시대에 맞물려 광부들도 50대 중반이 대부분이라고 했다. 그들이 마치 엔딩무대를 장식하는 출연자처럼 숙련된 기술로 일하고 있다.

직접 만나면 무슨 말을 해야 할까. 사라질 위기에서 어떤 얼굴로 나를 맞이할까. 우울감이 뒤엉킨 걱정이었다. 직원들과 마주하고 업무 보고를 받는 시간까지 혼란스러운 심정은 이어졌다. 하지만 생산 현장에서는 나 자신이 새로워지는 느낌을 받았다. 묵묵히 솟은 산의 내장을 헤집고 들어갈 준비를 할 때는 두려움에 떨었다. 담대함과 용기가 필요했다.

직원들의 안내에 따라 작업복과 장비를 착용하자 우주 여행자 모습이 되었다. 갱도 입구에서 기념촬영을 끝내고 마침 수직 엘리베이터를 타고 한없이 떠내려갔다. 꿈속에서 날다가 낭떠러지로 떨어지는 것처럼 아찔했다. 어둠이 주는 막막함과 폐쇄된 공간, 구불구불한 레일에서는 어지럼증이 일었고 미세한 감각까지 곤두세웠다. 날마다 수십 년을 이렇게 오고 갔을 광부들의 인내에 존경심도 일었다.

버팀목 틈새 어디쯤이 빠드득 소리를 내며 기울어질 것 같았다. 영원히 지하에 갇혀 버릴지도 모른다는 상상에 소름이 돋았다. 긴장과 경계를 오가며 전쟁 같은 시간을 보냈다. 하지만 마음만은 뿌듯했다.

광산의 역사만큼 오래된 선탄 시설, 철암역두 선탄 시설을 방문했다. 돌과 불순물을 분류해 순수한 석탄만을 가르는 제2의 광산이다. 이곳을 거친 순수한 석탄이 연탄공장으로 실려 가 우리가 알고 있는 연탄으로 거듭난다.

탄광의 전모를 구체적으로 체험하고 나니 진정한 삶의 전사가 된 것 같았다. 수직 갱도, 어둠을 가르는 레일, 석탄가루로 범벅이 된 광부의 얼굴. 지상과 지하 등등….

진정한 석탄공사 CEO로서 정체성이 확립된 날이었다.

① 장성광업소 전경, 뿌연 대기가 꿈을 꾸는 것 같다.

② 2021. 11. 15. 장성광업소 현장, 엔딩 무대를 장식하는 출연자처럼 숙련된 기술자들

③ 장성광업소 갱내에서, 광부가 들고 있는 석탄이 보석으로 보인다.

④ 갱내 현장, 숨 막히는 공간에서

⑤ 장성광업소 현장 작별을 나누며

⑥ 거대한 석탄더미, 철암역두 선탄시설전경

도계광업소와 첫 만남

　　도계는 삼척과 태백시에 접해 있다. 지리적 특성으로는 태백산 기슭이라 첩첩산중이다. 기름진 논밭 대신 광산이 있어서 풍요가 넘쳐났던 곳이다. 과거 크고 작은 탄광이 여럿 가동되었고, 현재는 도계광업소만 남았다.

　　들은 바에 의하면 탄광촌 자취를 돌아보는 관광지로 발전하고 있다고 한다. 누구에게나 즐길 거리보다는 역사를 배우고 체험하는 여행은 유익하다. 낯선 문화를 보고 듣고 이해하는 것은 한 단계 성장하는 것이니까 말이다.

　　강원경찰청장 재임 시절 이곳의 1천 년이 되었다는 도계리의 '긴잎느티나무'를 본 적이 있다. 아득한 먼 시간을 품었다는 것만으로도 충분히 감동적이었었다. 그런 의미에서 도계광업소는 그 어떤 유·무형 관광 자원보다 가치가 있을 것이다. 산업 현장에서 목숨 걸었던 아버지들의 뜨거운 흔적이기 때문이다.

　　오늘따라 겨울을 재촉하는 찬바람 속에서 탄가루가 섞인 듯한 뿌연 날씨는 몽환적이기도 했다. 탄광이 번창하던 시절 검은 시내를 그렸다는 초등학생의 이야기가 생각나기도 하고, 개도 돈을 물고 다녔다는, 풍요를 비현실적으로 표현한 이야기도 생각났다.

　사무실에서 간단한 보고를 받고, 도계광업소 중앙통계집중 장치, VR체험 개관식에 참석했다.
　복지시설인 도계광업소 복지관 방문, 그리고 채탄현장을 시찰했다. 빠듯한 일정으로 지쳐있던 세포가 지하 600미터를 통과하자 용수철처럼 튀어 올랐다.
　비스듬히 경사진 모양을 사갱이라고 하는데 레일바이크식 인차를 타고 이동했다. 그때 끝없이 쏠려오는 내리막길이 우주선을 탄 듯한 착각을 불러일으켰다.
　더욱 아슬아슬한 것은 좁은 갱도에 이르자 권양기라는 로프에 매달려 이동을 하는 것이었다. 그 과정에서 갱도가 무너질까 봐 공포심이 일었다.

　이 길을 날마다 오가는 광부들, 그들은 심장 하나를 더 가진 것일까. 채탄현장 직원 대부분이 50대지만 내 눈에는 맨주먹으로 산을 무너뜨리고도 남을 괴력의 젊은 전사들로 보였다.
　하지만 결국은 설 자리를 잃어가는 약한 사람들. 어둠 속에서 만나서 잡았던 손의 감촉이 폐부를 찔렀다. 캄캄한 어둠을 견딘 시간을 생각하지 않을 수 없었기 때문이다.
　돌아오는 자동차 안에서 눈을 감자 추상화처럼 복잡한 그림이 스치고 지나갔다.

① 도계광업소 전경,
광부들은 심장 하나를 더 가진 것일까. 수많은 희,노,애,락, 사연 품고 서 있는 광업소 전경
이 성지처럼 느껴졌다.

② 2021. 11. 16. 도계광업소 업무보고 현장, 첫 만남은 언제나 기대에 부풀어

③ 도계광업소 중앙통계집중 장치, 집중 또 집중 듣고 또 듣고

④ 도계광업소 복지관, 어디서나 파이팅을…

⑤ 도계광업소 인차, 검은 석탄과 대비되는 흰색이 눈부시다.

⑥ 도계광업소 입갱, 지하 600미터를 향하여…

⑦ 채탄현장, 괴력의 전사로 보이는 광부들, 어둠을 견딘 시간이 빛으로 퍼져가기를 기원했다.

⑧ VR체험, 게임처럼…

6 화순광업소 방문

2021. 11. 22. 국내 1호 탄광인 화순광업소를 방문했다. 처음이 지닌 의미만큼 측정 불가능한 설렘이 어디 있을까. 구석기시대 유물인 고인돌로도 유명한 것을 보면 태고의 비밀을 가장 많이 간직한 땅이라는 생각이 들었다.

전문적인 지식은 없지만, 지구의 역사를 생각하면 언제나 신비스럽다. 대략 알기로는 고생대 식물들이 가늠할 수 없을 정도의 세월을 지나는 동안 압력과 열에 의해 퇴적암이 된 것이 석탄이라고 한다. 3억 4천만 년에서 3억 년까지 사이, 6천만 년 동안을 석탄기라고 배운 기억도 있다.

내가 가진 모든 지식과 상상력을 총동원해서 기대했던 화순광업소! 석탄산업의 선두에 섰던 역사적 현장에서 만난 사람들은 더욱 애틋하게 다가왔다. 도계광업소와 마찬가지로 경사진 갱이며, 지하 600여 미터에서 석탄을 캐고 있었다.

의례적인 업무보고를 거친 후 안내에 따라 지하 작업 현장을 밟으니 또 다른 울림이 밀려왔다. 조만간 사라질지도 모르는 자신들의 터전에서 마음과 몸을 다 바쳐 일하는 일꾼들에게 왠지 미안한 마음이 들어서다. 끝까지 최선을 다하는 그분들이야말로 이 시대의 양심의 보고(寶庫)였다. 일백 년이 넘도록 한자리를 지키며 자녀들을 길러내고 대한민국을 일으킨 사나이들의 땀방울이 경제발전의 변곡점이기도 했다.

그 중대한 지점 한가운데 서 있는 나인지라 혼란과 고뇌에 빠지지 않을 수 없었다. 처음이었던 만큼 창대한 꿈을 품었던 현장이었다. 피할 수 없는 운명이 다가온다면 무엇으로 보답하며 역사의 한 페이지에 소중한 모습으로 보존할 수 있을까.

본사인 강원도 원주에서 전라남도 화순까지, 머나먼 남도길을 이런저런 생각에 젖었던 긴 하루였다.

① 화순광업소 전경, 일백 년이 넘도록 한자리를 지키며 경제발전의 변곡점이 된 현장

② 2021. 11. 22. 화순광업소 방문, 국내 1호 탄광에 첫발을…

③ 화순광업소 입갱, 지하 600여 미터에서 석탄을 캐고 있었다.

④ 화순광업소 입갱, 경사진 갱도라는 설명을 듣다.

⑦ 2021년 겨울을 따듯하게

기업의 사회공헌 활동은 사회안전망의 근간이다. 선진국에 진입하면서 대기업부터 소상공인까지, 폭넓고 다양하게 실행하고 있다. 하지만 꼭 책임과 의무사항이 아니라도 '코로나19' 팬데믹 겨울인지라 어려운 이웃들이 생각났었다.

부끄러운 고백이지만 춥고 배고픈 느낌을 누구보다 알고 있는 장본인이기 때문이다. 오래도록 이어 온 연탄 나눔을 실행했다. 원주지역예술가 연탄 지원봉사로 첫걸음을 뗀 것이다.

장애인 가정, 홀로 사는 어르신 가정 등 저소득층 가정이 대상이다. 대부분이 건강도 좋지 않아서 추운 날에는 더욱 걱정이 많은 분들이다. 기온이 떨어지면 뼈마디가 조이고 경련이 심해지고 감기에 자주 걸린다는 사람들. 비탈지고 좁은 골목에 살고 있었다. 한 줄로 늘어서서 3.6kg 연탄을 릴레이식으로 옮겼다. 마지막에 받아서 차곡차곡 쌓는 역할을 하는 사람은 더 많이 더 높이 올리지 못함을 아쉬워했던 날이다.

연탄으로 난방을 하던 시절을 돌아보니 한겨울 동안 2천여 장은 필요했던 것 같다. 모든 주택에는 연탄광이 있었으며, 세를 주는 작은 방에 달린 부엌에도 연탄 500장 정도는 쌓도록 설계되어 있었다.

들은 바로는 소외계층에게 에너지 바우처가 지원되고 있다고 했다. 하지만 그것만으로는 항상 부족하다 한다. 특히 '코로나19'로 인한 경기침체와 물가 상승으로 걱정 근심이 늘어났다고 했다.

단칸방 세를 살던 신혼 시절, 일정한 시간마다 연탄을 갈던 기억이 난다. 맨 아래 재만 남은 것을 집어낸 후, 위의 불붙은 연탄을 아래에 넣고 새 연탄을 올리는 일이었다. 정성과 노력이 필요한 노동이지만 나무 떼던 수고에 비하면 신선놀음이었다. 하지만 1980년대 초까지만 해도 어느 집이든 온돌방인지라 틈새로 연탄가스가 스며들어 목숨을 잃는 일도 많았으며, 목숨을 건진다고 해도 후유증이 남았다. 밤새 안녕이라는 말의 의미가 가장 선명하게 대두되는 시절이기도 했다.

안전을 찾는 방법으로 '새마을 보일러'라는 것이 개발되었다. 방에다 호스를 깔고 물을 데워 순환시키는 방식이었으며, 이것이 진화하여 오늘날 온수 보일러가 된 것이다. 수많은 생명을 앗아 갔건만 아직도 생필품으로서 나눔이 되는 연탄이다

기록을 보면 88올림픽이 있던 해까지 78%가 연탄이 난방을 담당했고, 1990년대 초부터 석유와 가스에게 자리를 내주고 급격히 줄어들었다고 한다. 2000년대 초에는 연탄 난방이 10% 이내에 불과했으며 20년이 지난 지금은 소수의 도시 저소득층, 농촌의 하우스재배 난방으로 쓰이고 있다.

그날의 연탄 봉사 후 민주평화통일자문회의 횡성군위원회와 한 차례 더 봉사에 나섰다. 이어서 코로나극복 노사합동 기부금 공동모금회 전달,

농어촌상생기금 전달, 36사단 위문금전달 등으로 2021년 겨울나기 나눔을 마감했다.

부족한 예산 때문에 빈약한 사회공헌을 할 수밖에 없었던 아쉬움 속에서, 연탄의 단단한 감촉이 마치 부숴버릴 수 없는 운명처럼 무겁게 느껴졌다.

① 2021. 12. 2. 원주지역예술가 연탄지원봉사, 주는 자의 자세는 언제나 겸손해야 한다.

② 원주지역예술가 연탄지원봉사, 따듯한 온돌 같은 분위기 속에서…

③ 2021. 12. 30. 따듯한겨울나기 연탄나눔 민주평화통일자문회의 횡성군위원회

④ 2021. 12. 8. 코로나극복 노사합동 기부금 공동모금회 전달

⑤ 2021. 12. 9. 농어촌상생기금 전달

⑥ 2021. 12. 20. 36사단 위문금 전달

8　역사 속으로 또 한 해가

　　2021년 끝자락에서 새로운 길을 열심히 달렸다. 때로는 정장과 넥타이를 하고 때로는 광부의 옷과 작업복 차림으로 누볐다. 여태껏 사는 동안 가장 드라마 같은 경험이었다.

　　온통 어둠뿐인 깊은 땅속에서 본 석탄가루로 범벅이 된 광부의 얼굴이 생각난다. 난생처음 접하는 거대한 기기들과 마치 외계에서 날아온 돌처럼 생소한 선탄장의 석탄 더미가 석탄공사 현장임을 실감 나게 했다.

　　경찰 시절 사건 사고 현장을 직·간접으로 수없이 접했으나 이토록 절절하지는 않았다. 특히 헤드랜턴 빛에 의지해 어둠을 헤친 기억은 마지막 날까지 기억에 남을 것만 같다.

　　모든 것들은 제도나 정책에 의해서 이루어진다. 그래서 공직자의 세계는 끊임없는 논의 과정을 거친다. 대안을 찾기 위함이다.

　　부임 후 2개월도 되지 않지만 이런 저런 회의를 개최했었다.

　　'코로나19' 팬데믹 극복을 위한 산업부 공공기관장 긴급회의, 안전경영위원회, 확대간부회의, 등등이다. 그중에서도 직원 관리, 안전에 대한 보고, 본사의 전달 사항이 이루어지는 확대 간부회의가 나로서는 가장 집중이 되었다. 매월 2급 이상 간부 30여 명, 장성광업소, 도계광업소장, 화순광업소 소장, 안전감독부장, 기획부장 등이 참석하는 자리였다.

나는 그 시간에 선명하게 현황을 파악할 수 있었고 각 부서의 종사자들과 이런저런 고충도 알 수 있었다. 모든 회의 때마다 최대한 자유롭게 의견을 내고 토론을 하도록 분위기를 이끌면서 경청했다. 그리고 언제나 최상의 결론은 안전이었다.

안전불감증이란 말이 있다. 예방을 위해 수없이 강조하다 보면 단어 자체에 중독이 되어 무감각해지는 듯하다. 설마가 사람 잡는다는 속담도 있지 않은가.

내 인생 2021년도 무사히 마쳤으니 감사하다. 새해에도 조직의 끝을 잡고 최선을 다하리라 남모르는 다짐을 해 본다.

① 2021. 12. 9. 안전경영 위원회

② 2021. 12. 코로나19 산업부 공공기관장 긴급회의

③ 2021. 12. 7. 확대간부회의

④ 2021. 12. 31. 종무식

Ⅱ부

처음처럼

2022. 1. 1.~2022. 12. 31.

① 2022년을 시작하면서

    부임 첫 번째로 맞이하는 새해다. 희망에 부풀어 더 높고 더 넓은 목표를 세우는 기업들이 있을 것이다. 하지만 새로운 비전을 제시할 수 없는 대한석탄공사 사장인 나로서는 내적인 다지기를 할 수밖에 없다. 최우선가치로서 안전 강조하기, 직원 간의 인화와 사기 진작, 퇴임하는 이들의 앞날 걱정해 주기 등등이다.

    최후까지 인간다운 품위를 유지하려고 노력하는 임종을 앞둔 환자처럼, 그저 내면의 강건함을 다지는 한 해를 보내야 할 것 같았다. 해마다 쌓이는 적자로 조직 자체가 위축되고 감축되는 인원으로 직원들은 꿈을 꿀 수 없다. 개인이나 조직이나 국가의 종결 징조인 꿈이 없는 상태! 오래도록 이어지는 '코로나19' 상황이 우울감을 더했다.

    하지만 나는 나태할 수 없었다. 뒷모습이 아름다운 석탄공사를 가꾸어야 하기 때문이다. 한 시대의 불꽃같은 소명을 끝내고 묵묵히 뒷자리로 물러남은 거대한 자취만으로도 보석으로 탈바꿈할 수 있을 것이다.

    각 부서별 지난해 성과를 칭찬하고 건강한 한 해를 위한 격려의 신년 업무 보고회의를 개최했다. 그리고 가장 중요한 협력업체 재해추방결의 대회를 개최했다. 석탄공사의 협력업체는 소소한 부품부터 최첨단 장비까지 수십여 군데가 된다. 이들 역시 내리막길을 함께 걸어가야 할 것이다. 그들과 함께 재해를 떨쳐 버리자고 결의를 다진 것이다.

광산은 가장 위험한 작업장이다. 석탄공사가 1950년 출발한 이래 1천 6백여 명이 순직했다고 한다. 매년 순직사고가 발생한 것이다. 그 당사자가 내가 될 수도 있는 불안감에 광부들 사이에서는 금기시하는 것들이 있었다.

청색이나 홍색 보자기에 도시락 싸기, 밥을 네 번 담지 않기, 까마귀 소리가 나면 조심하기, 출근할 때 여자가 앞질러 길 건너지 않기, 꿈자리가 사나우면 출근하지 않기, 갱내의 쥐 잡지 않기 등등… 그래서 온 마을의 분위기는 오직 광부들의 안전을 기원하는 것으로 넘쳐났다. 어두운 시절, 민속신앙에 근거한 믿음이기도 했다.

나는 날마다 그들의 심정이 되었다.

현장 근처 사찰에서 간절히 기도를 드리고 마른하늘에 혹여 까마귀라도 날아가지 않는지 살피기도 했다. 물론 미신을 믿는 사람은 아니지만 말이다. 2018 평창동계올림픽이 열릴 때도 그랬다. 강원도경찰청장으로서 춘천의 진산인 봉의산 자락 관사에 거주했었다. 부임 직후부터 아침에 눈을 뜨자마자 온갖 신들을 찾으며 안전한 대회를 치르게 해달라고 기도했었다.

학창 시절 다니던 교회의 하나님, 나를 가장 사랑하다 돌아가신 어머니와 아버지, 아내를 따라 다니는 절의 부처님, 대한민국의 시조인 단군 할아버지 등등….

누군가가 보았다면 나약하고 얼빠진 경찰청장이라고 비웃었을 것이지만 나만의 절대적인 불안은 그것으로 위로가 되었다. 광산의 현장을 방문할 때도 그 심정이 되고는 했다. 자기가 하는 일에 온몸을 바치는 사람은 영웅이라고 했던가.

비밀스런 의식까지 동원하는 나는 최선을 다하는 면에서는 영웅이 되고 싶다. 대한민국의 1호 공기업 석탄공사의 사장이니까.

① 2022. 1. 11. 신년업무보고,

끝나지 않은 코로나19 펜데믹 속에서 맞이한 새해, 부디 모두가 안전하고 건강한 한해가

되기를…

② 2022. 1. 11. 재해추방결의 대회

③ 한 해의 안전을 기원하면서

② 중앙노사협의회(22. 1. 12.)

선진국에 진입하면서 뚜렷한 변화 가운데 하나는 노동조합의 탄생이다. 물질의 풍요와 함께 의식의 성숙에 기인한 것이다. 태어나면서부터 하늘로부터 부여받은 절대적인 존엄성을 그 어디서든 침해받지 않을 권리, 이는 인간이 짐승과 구분되는 지표라는 생각이다.

동서고금을 막론하고 인간이 인간을 침범한 대표적 예는 노동력 착취일 것이다. 우리나라도 지배층이 있었고 서양도 노예제도가 있었다.

나의 머릿속에 맴도는 많고 많은 아픈 이야기들은 일단 접어 두고, 한마디로 요약해 본다.

'일하는 사람들이 작업 환경의 개선과 경제적, 사회적 지위의 향상을 위해 의견을 모으는 것은 모두가 잘사는 바탕을 만드는 데 필수 조건이다'라고.

대한석탄공사 노조의 조합원 수는 6백 7십여 명에 달한다. 석탄의 수요가 사라지는 현실을 어쩔 수는 없지만 무조건 삶의 터전에서 물러날 수는 없지 않은가. 그동안 입갱 농성 등 투쟁을 벌여온 터였다.

취임 후 그들과 첫 대면 회의를 했다. 이런저런 상황을 나열할 수는 없지만 소중한 인권이라는 차원에서 뭉클했다. 이해와 화합으로 수많은 토론이 오갔다.

대한석탄공사는 1950년 전쟁 중에서도 장성, 도계, 함백, 나전, 영월, 화순, 은성, 화성, 성주 등 9개 탄광으로 설립되었다. 산업 전사'로 불리며 국가 발전의 일등 공신이었고, 1960년대부터 1980년대 초까지, 20여 년간 전성기를 누렸다. 하지만 강원 태백·도계, 전남 화순, 3개 광업소만이 운영하는 정책을 세웠다. 그로부터 30여 년 훌쩍 넘은 지금은 나머지도 폐광을 추진해야만 하는 상황에 이르렀다. 그렇게 되면 도계의 민영탄광 경동상덕광업소만이 남게 된다고 한다.

조합원들은 폐광대책비 등을 지원하지만 평균 연령이 높아 재취업도 쉽지 않은 상황이 문제라면서 완전한 대책을 희망했다. 후일 나는 국회와 정부 관련부처 등을 발로 뛰며 법이 정한 폐광대책비 외에, 노동자에게 지급할 특별위로금 등 예산을 수립하는 데 일조를 했다. 지금은 폐광에 대한 극적 합의가 이루어지고 지방자치 단체별로 대체산업 발굴에 심혈을 기울이고 있다.

잠깐 돌아보면 석탄공사는 2016년 정부의 기능조정 대상이 되었고, 인원충원이나 시설투자에서 배제되어 왔다. 기본적인 장비 운영 인력마저 부족해지고 근로기준법 준수조차 어려워진 적도 있었다고 한다. 2022년 2월. 중대재해법이 시행되는 마당에 안전을 위협받는 아이러니한 현상에 당면한 것이다.

노조는 근로기준법을 준수할 수 있는 작업 요건 보장, 광산안전법에 맞는 인원 보충, 산업안전기준에 맞는 작업환경 개선 등을 촉구하는 투쟁을 이어갔다. 광부들의 생존권 보장을 위한 대책 부재였다. 이 상황에서 내

몫은 서민 생활 안정과 정부를 믿고 묵묵히 일하는 그들이 억울하지 않도록 중재자 역할을 하는 것이었다.

세상 모든 것이 완전하지 못함과 같이, 자세히 들여다보면 노동쟁의 과정에서 부조리한 면도 있지만 나는 그들의 입장을 이해하려고 노력하는 사용자였다.

조심스럽게 따지고 보면 석탄산업 현장 덕분에 나라가 부를 이루었기에 그 공로를 환원해 주도록 노력해야 함이 옳다는 생각이다. 물론 그때의 종사자와 지금의 종사자는 엄연히 다르지만 '석탄산업 현장'이라는 물리적 공간에 무형의 인격성을 부여하고 보면 그렇다.

마치 '화장실 갈 때 다르고 올 때 다른' 그런 심정으로 접근하면 안 된다는 생각이다. 그래서 나에게는 기울어가는 마당에 끝까지 남아 있는 직원들이 모두가 소중하기 그지없었다.

① 2022. 1. 12. 중앙노사협의회, 깊고 진지한 의견을 나누었다.

② 2022. 1. 12. 중앙노사협의회, 존엄성을 그 어디서든 침해받지 않을 권리, 이는 인간이
짐승과 구분되는 지표라는 생각이다.

③ 2022년 새해 장성광업소

장성광업소는 일제에 의해 매장량이 확인되었고 삼척탄광으로 개발되었다. 대한민국 최대 무연탄 탄전으로서 6.25 전쟁 중인 1950년에 대한석탄공사 발족과 함께 국영화되었다. 지질학적 근거는 자세히 설명할 수는 없지만, 겹겹이 어깨를 맞댄 산들의 능선 자체가 신비의 냄새를 풍기고 있다. 무척추동물 화석이 많이 나와서 고생대 환경, 지각 진화, 등 연구에 매우 중요하다고 했던 기억도 난다.

저 깊이 간직한 태고 속에 검은 보석을 품고 침묵하는 산들이 가슴을 뭉클하게 울렸다. 한 세대를 사는 인간들은 무한 비밀을 간직한 자연을 탐색하고 개발이라는 이름으로 파헤쳐 왔다. 어마어마한 기기를 만들어 내고 초인적인 인내심으로 일하고, 얼마간의 경제적 이득으로 새 힘을 얻어 왔다.

지하 900여 미터까지 파고 내려간 장성광업소야말로 이러한 자취가 가장 선명한 현장이었다.

수직 엘리베이터를 설치한 기술력, 날마다 그것으로 지하와 지상을 오가는 광부들의 삶 자체가 그것이다. 나 역시 문명의 극치감을 입갱 현장에서 체험했다.

과거 전성기 때는 5천여 명의 직원이 영화의 한 장면 같이 거대한 엘리베이터에 생명을 맡겼고, 현재는 4백여 명이 이용한다고 했다. 우주선을 타고 지구 밖으로 향하는 우주인처럼 광부는 지구 안쪽으로 날마다 생업의 여정을 떠난다.

역사의 한 자락인 2022년 새해, 장성광업소 사무실에서 한 해의 계획을 점검하고 16광구 중 하나인 철암 생산부에 '2년 연속 무재해 달성' 시상금을 전달했다. 액수와 상관없이 받는 이의 마음에 안전에 대한 자각을 다시금 일깨우는 연례행사였다.

막강한 적들에게 둘러싸인 전쟁터에서 생존하는 용사들처럼, 위험한 환경에서 무사한 광부들이 얼마나 소중한가. 고원의 차디찬 바람이 따스한 훈풍으로 변하는 듯했다.

사실 위험한 현장은 생명이 촌각에 달린 만큼 권위적이고 보수적이다. 기강확립이 안전을 지키는 무형의 도구이기 때문이다.

광부들이 "안전"하고 큰소리로 외치면서 입갱하는 장면은 최전방 군기 못지않다. 입 밖으로 나오는 순간 강력한 활시위가 되어 서로의 가슴에 박히는 "안전"이라는 단어! 나도 입갱 시 그 누구보다 크게 외쳤다.

인차에 실려 어둠 속으로 빨려들어 갈 때는 신체 노출 금지, 탑승한 자리에서 기립 금지, 뒤를 돌아보지 말 것 등등 긴장도 유지해야 한다. 지하 세계로 향하는 몇십 분 동안 다시 바깥세상을 볼 수 있을까 두려움이 일기도 했다. 단절감이 주는 극도의 공포였다. 그 안에서 맡은 일을 해내는 광부들이야말로 인간이 지닐 수 있는 강력함의 최대치라고 생각했다.

갱내에는 그들을 위한, 도시락과 간식을 먹는 휴게실이 있다. 탄가루에 물든 탁자가 있고 주의 사항 문구와 달력, 작업복, 도시락 가방들이 벽에 걸려 있다. 특히 도시락은 바닥에 두면 쥐가 파먹어서 높이 걸어 둔다. 지하 깊은 곳까지 들어와 인간과 살고 있는 쥐, 영원한 적과도 같아서 1970년대 쥐잡기 운동도 있었다. 그러나 탄광의 역사 이래 지금까지 갱내에 있는 쥐를 잡는 것이 금기되어 있다고 했다. 오히려 무너지는 징조를 쥐가 가장 먼저 알아서 어둠 속 동지(?)처럼 마음이 간다고도…

나는 지하에서 석탄가루와 땀으로 범벅이 된 광부들이 먹는 도시락이 세상에서 가장 귀한 음식이라는 것을 알았다. 내가 살고 가족을 살리며 내일을 기약하는 절대적 양식인 것이다.

석탄산업이 번성하던 1970년대 초 장성만의 근로자 수도 5천 9백여 명에 이르렀다고 한다.

역사의 뒤안길로 사라져가는 화려함의 끝자락에 서서 문득 깨달아 지는 것이 있었다. 지는 해가 있어야 내일이 온다는 신의 섭리를…

① 태고의 신비를 간직한 산과 장성광업소 전경

② 장성광업소 CEO 현장 점검

③ 2022. 1. 13. 무재해 달성 시상금

④ 2022. 1. 13. 장성광업소 현장 점검

⑤ 장성광업소 입갱

⑥ 어둠 속으로 빨려 들어가는 인차

❹ 신비의 땅, 미래의 땅

도계는 태백산맥 기슭에 자리한 산간마을이다. 어느 시기에 땅속에서 깊은 잠을 자던 검은 보석이 깨어나자 산골은 희망의 골짜기로 변했다. 보석으로 인한 소득이 논밭을 일구는 것보다 풍성했기 때문이었다. 건강한 몸 외에는 밑천이 없어도 되어서 가장(家長)들이 열광한 것이다.

농사를 지으려면 땅이 있어야 하고 장사를 하려면 자본이 있어야 하며, 펜을 굴려 먹고살려면 학벌이 필요했다. 일제 강점기를 거쳐 전쟁의 상흔을 딛고 너도나도 잘살아 보려고 애를 써야 하는 참에 이보다 더 고맙고 희망적인 터전이 어디 있겠는가.

그들로 인해 도계는 풍요의 왕국(?)이 되었다. 강아지도 만원 지폐를 물고 다녔다는 이야기가 있다. 만원 한 장쯤은 사라져도 개의치 않는 사람들이 넘쳐난다는 것인지, 거리에 출처 모를 지폐가 여기저기 나뒹군다는 것인지, 강아지처럼 먹고 노는 사람까지 돈이 걱정이 없다는 것인지…. 어찌 되었거나 비현실적인 이야기가 거부감 없이 떠도는 곳이었다.

2022년, 새해 그곳으로 향하는 나는 복잡한 심정 속에서 오직 하루하루 최선을 다하는 직원들 모습만을 건져 올렸다.

안전에 안전을 거듭 강조하는 것 외에 무엇을 더 말하랴. 한 세기 동안 직원들 모두 귀에 딱지가 앉도록 들었을 그 말도 이제는 인기를 잃은 유행가 가사처럼 잊혀지거나, 순직한 숱한 영혼들의 추모곡처럼 구멍 난 산허리 곳곳을 휘감고 돌지도 모를 일이다.

나는 그들의 위패가 있는 사찰 대계사에서 참배를 드렸다. 먼저 떠난 영혼들을 위로하고 현장을 이어가는 직원들의 안전을 기원하는 간절함이었다. 누군가에게는 종교적 이유로 거부감이 일지라도 매번 방문 때마다 나만의 진심을 담은 행보였다.

전라남도에 있는 화순광업소의 역사는 118년이다. 한 인간에게 부여된 삶의 기간을 넘어선 시간이라서 아득하게 느껴진다. 할아버지, 아버지를 거쳐 당대에 이르는 세월이다. 광부들의 땀과 눈물, 웃음소리를 간직한 자연이 침범할 수 없는 거룩한 느낌으로 다가온다.

전성기인 1970년대 후반부터 1980년대 후반까지, 매년 100여 명이 넘는 광부들이 목숨을 잃었다고 전해 들었다. 빈번하게 유명을 달리하는 가장들이 속출하는 일터, 사람들은 동료가 사라져 갈 때마다 무슨 생각을 했을까. 그 주검을 보고도 일터로 향하는 발길은 전쟁터나 다름없었을 것이다. 총알 없는 생계의 전쟁터 말이다.

'목구멍이 포도청이다'라는 속담이 있다. 음식을 넘기는 목구멍이 감옥이며, 먹고살기 위해서는 범죄나 체면에 어긋난 일도 할 수 있다는 의미다. 인류 역사 이래 먹고사는 일이 삶의 근원이기도 했다. 더러는 다수의 권리와 국가의 평화를 위해 먹고사는 일을 포기하거나 목숨까지 바치는 이들도 있지만 말이다.

화순은 산지가 75%나 되는 지역이다. 그래서 석탄 외에도 석회석, 납석

등 지하자원이 많이 매장되어 있다고 한다. 그중에 석탄이 있어 한 시대의 부흥을 이끌었다. 그 시절 광부 아버지 덕분에 21세기 대한민국 주역이 된 자녀들의 감상도 남다를 것이다.

역사는 영원한 진행형이며 앞으로만 전진하는 생명체다. 절대로 한 부분에 고착될 수 없다.

당면한 절절한 아픔이나, 받아들이기 힘겨운 혼동도 지나 놓고 보면 액자 속 그림처럼 아름답게 보일 때가 있다.

그런 의미에서 나는 도계나 화순을 미래의 땅이라고 생각한다. 아득한 옛날, 고생대 식물들이 석탄이 되어 우리를 풍요롭게 했듯이, 역사의 한 페이지를 장식했던 광산촌 이야기가 자손만대 유산으로 남겨질 것이다. 그 영광의 끝자락에 나도 서 있게 되어 감사할 뿐이다.

① 2022. 1. 20. 도계광업소 현장 점검

② 2022. 2. 9. 도계광업소 폐수처리장 점검

③ 도계광업소 순직자 위패 봉안 사찰 대계사 방문 참배

④ 도계광업소 인차, 지상에서 지하로 가는…

⑤ 화순광업소 전경, 회색빛 풍경이…

⑥ 2022. 1. 17. 화순광업소 현장, 석탄의 흔적이 어지러이 널려 있는 근처 풍경

⑦ 화순광업소 무재해 시상식, 최고의 경영가치는 안전

5 생명을 지켜라

회사의 주요업무 중에는 '안전경영위원회'가 있다. 민간전문위원, 근로자대표, 외부업체 대표, 광업소 소장으로 구성되어 있으며, 사고예방 등에 대한 의견을 나누고 현장에 결과를 전달하는 기구다.

기존에는 회의가 반기별로 열렸으나 내가 부임한 후에는 빈도를 늘려서 분기별로 실시했다. CEO로서 열심히 할 수 있는 업무 중 하나였다. 노동현장의 어려움과 해결책을 유년기의 구구단처럼 외고 싶었다. 툭 던지면 무의식적으로 정답이 툭 튀어나오는 그런 경지에 이르고자 노력했다. 덕분에 부임 초기에 생소한 용어와 분위기를 상쇄할 수 있었다.

현장에서는 입갱 시마다 안전교육이 이뤄진다. 어둠 속에서 강도 높은 노동을 하는 사나이들의 근력과 정신력은 아마도 길이길이 남을 인간 승리다. 최첨단 문명을 다루고 AI와 소통하는 시대에 인간의 직접적인 힘의 흔적이야말로 얼마나 희귀한 기록물일까.

갱내에서는 강도 높은 재난 대처 훈련이 있다. 광업소별 갱내를 잘 아는 젊은이들로 조직된 광산구호대다. 갱내 사고 시에는 소방이나 경찰 투입이 불가하기에 그들의 특별 훈련은 언제나 절대적이었다. 유사시에 공중, 후방, 해상 등 어디나 작전을 벌이는 특전사처럼 말이다.

그리하여도 매년 이어지는 순직사고가 마음을 무겁게 했다. 비단 나뿐만이 아니라 역대의 어느 사장이든, 어느 간부든 날마다 긴장의 연속이었을 것이다. 날마다 전쟁이니까.

그뿐 아니다. 석탄산업 현장의 검은 그림자인 진폐증도 있다. 오랜 시간 석탄가루가 폐 조직에 쌓여 병적 흔적이 생기고 점차 숨조차 쉬기 힘들어지다가 여러 합병증 등으로 생을 마감하게 하는 진폐증! 시초에는 증상이 없어서 개인적으로 방치했다. 하지만 2000년대 초반에 환자가 급증했다. 태동기와 발전기 즈음의 광부들이 병을 안고 퇴직한 것이었다.

앞서 번성기였던 1980년대 정부가 제도적 대책의 근간을 마련한 것으로 알고 있다. 이어서 그동안 수건 등으로 입을 가렸던 현장을 향해 마스크 착용을 권장했었다. 하지만 건강에 대한 인식이 미약하던 터라 소규모 작업장에서는 이것조차 지켜지지 않았다고 한다.

해마다 봄이면 지독한 황사 범람의 환경에서 방진 마스크 등을 착용하고 '코로나19' 시대에는 최고의 백신 같은 존재였던 마스크 효과를 그때는 몰랐던 것이다. 따라서 2천 년 대에 접어들면서 매년 상당수의 진폐증 사망자가 발생했다는 말도 들었다. 우리나라 역사상 가장 큰 규모의 산업재해로 떠올랐던 진폐증! 사라져가는 석탄산업과 함께 어느 시기가 되면 희미해질 것으로 추측이 된다.

갱내에서의 직접적인 사고, 갱밖에서 겪는 위험, 석탄산업의 화려함과 뚜렷이 대비되는 비극이었다.

내 일생을 돌아보니 '생명'이라는 말처럼 많이 듣고 많이 한 단어가 없는 것 같다. 경찰로서 사명을 감당할 때도 '국민의 생명과 재산 보호'가 존립 이유였다. 뒤를 이어 석탄공사 사장의 자리에서는 밤낮없이 강도 높게 반복하고 있다.

생명이란 무엇인가?

사전에 보면 생물체의 살아 있는 힘이라고 한다. 그리고 일정 기간만 유지되기에 귀하고 소중하다. 특히 사람의 생명이 최고의 가치라고 생각한다. 그래서 그 어느 국가든, 사회든, 조직이든 생명을 지키려는 노력이 윤리의 기준점이라고 여긴다.

그래서 갱내직원 안전교육, 안전간담회, 2022년 2월부터 시행된 중대재해처벌법 시행 직원 교육 등 수시로 생명과 연관된 일들은 나의 천직과도 같았다.

내게 예술적 재능이 있다면 훗날 "생명타령(打令)"을 한 가락 남기도 싶을 정도다. 귀하고 귀해서 자꾸만 되풀이하고 싶어서 말이다. 인명경시의 풍조가 만연한 세태라서 더욱 그렇다.

① 2022. 6. 24. 제2차 안전경영위원회

② 2022. 5. 8. 광산구조대 재난상황 대처훈련

③ 2022. 6. 3. 광업소 광산구조대

④ 2022. 1. 27. 장성광업소 중대재해처벌법 시행 직원교육

6 생(生)성(成)멸(滅)의 섭리

세상의 모든 것은 나고 자라고 스러진다. 그 과정이 생명체에서 진행될 때는 육안(肉眼)으로 확인할 수 있지만 조직에서는 만나는 사람을 통해 보여진다.

부임한 1년도 못 되었지만 조직 내 변동을 맞이했다. 3월 2일, 새봄에 채광직 신입사원 임명장을 수여했다. 대한석탄공사를 선택해 준 젊은이들에게 감사한 마음이 앞섰다. 조직이 축소되면서 감원이 이어졌고, 누군가가 퇴직을 해도 그 자리를 메울 신입을 보충하지 않았던 상태였다. 따라서 기본 인력조차 부족한 상황인지라 직원들은 업무 과중에 시달리고 의욕 또한 없었다. 숨이 멈출 날만 기다리는 중증환자와 다를 바 없는 조직 분위기였다. 이참에 새로운 직원을 맞이함은 수혈하는 것과 같았다. 부디 대한석탄공사도 그들의 일생에서 성장하는 인연으로 남기를 몰래 기도했다.

6월 8일, 구조조정회의를 개최했다. 내가 부임할 때만 해도 정규직원과 외주업체 직원을 합쳐 1천 6백여 명 직원이 종사하고 있었다. 매년 6월이면 정년(60세) 되는 직원들이 퇴직하고, 외주업체 정리와 화순광업소 폐광 대비 인력 감원을 시행하는 것이다.

개인의 과오도 기업의 잘못도 아니다. 그냥 시대의 변화가 몰고 온 바람이었다.

함께 일하던 한 사람을 물러나게 하는 것도 속울음을 울어야 하는 일이건만 절반의 직원을 떠나보내니 가슴이 무너졌다.

다행히도 정부의 방침과 시대의 변화를 깊이 이해한 노동조합의 이해와 합의로 실행 가능했다. 화려한 언변이나 덕망도 없건만, 내 뜻을 받아들여 특별한 사고 없이 소중한 일터를 내놓은 사람들! 눈물 날 뿐이다.

솔직히 말하면 정부에서는 16년부터 조기폐광정책을 시행하면서 구조조정을 추진해 왔다. 그리고 매년 조기폐광을 논의했고 노동조합과 합의가 되지 않았다. 생계가 달린 종사자들은 한 해라도 더 일하기를 원하는 것은 당연했다. 그래서 합의가 안 될 경우 2030년까지 가행(稼行) 할 계획이었다.

3월경, 중앙노사(산업부, 공사, 노동조합)에서 논의했으나 결렬되었다. 노동조합은 명예퇴직금을 요구하고 산업부에서는 조금도 줄 수 없다는 입장이었다고 한다.

이후 노동조합에서 근로자 찬반투표 결과 파업을 결정했다. 나는 파업을 막기 위해 노동조합 집행부와 심도 있는 논의를 이어갔다.

노동조합에서는 파업 취소조건으로 사장이 해결해 줄 것을 요구했다. 나는 산업부, 기재부, 국회를 찾아가 조기폐광 필요성에 대해 적극 설득에 온 마음과 힘을 다했다. 그 결과 기재부에서 명예퇴직위로금을 주겠다는 확답을 받고 조기폐광 합의를 이끌어 냈다.

자랑스러운 업적이 아니라 눈물을 머금고 해야 할 일을 한, 가장의 심정이었다. 그리고 여기에 따른 40여 개 외주업체와 관계 정리를 하는 일도 가슴이 아팠다.

그 어떤 기업이든 노사 간 소통과 화합이 중요하다. 그 과정에서 고마운 사람은 최○○ 노조위원장이었다. 한 번도 언쟁을 한 적 없을 정도로 합리적이고 대화가 되는 사람이었다. 도계 노조지부장 김○○, 화순노조지부장 손○○ 지부장 등등의 협력을 잊지 못할 것이다.

일자리를 잃게 되는 그들을 위해 아무것도 해 줄 수 없는 나로서는 그저 고마움에 가슴만 미어질 뿐이다. 언제 어디서든 건강한 몸으로 더 높이 쓰여지는 행운이 있기를 간절히 바랄 수밖에…

이런저런 과정을 거치는 동안 사람이라서 느끼는 특별한 고통도 평생 잊지 못할 것이다.

혼자 있는 시간에 "생(生)성(成)멸(滅)" 섭리라는 논리를 만들어 스스로 위로했다. 저무는 들판에서 부르는 쓸쓸한 노래처럼, 멸(滅)의 자리에 서 있는 시간이 차라리 소중하지 아니한가. '끝이 좋으면 다 좋다'는 세상사에 떠도는 이야기가 사실이라면 지금의 내 역할이 낙제 점수는 면한 것 같다.

① 2022. 3. 2. 채광직 신입사원 임명장 수여

② 2022. 4. 27. 협력업체 안전점검 현장

③ 2022. 6. 8. 구구조정 점검회의

④ 2022. 6. 30. 직원퇴임식

⑦ 회의(會議)의 진가

옛말에 "말이 많은 집은 장맛도 쓰다"고 했다. 소리에 의미를 담은 말, 어떻게 많고 적음을 가늠할 수 있을까. 정해진 시간에 소리를 가장 많이 낸 사람인지, 의미를 많이 전달한 사람인지… 성장기부터 과묵하다는 말을 들은 나는 두 가지 중에 하나도 해당하는 것이 없다.

그러나 공직 생활을 하면서 회의를 통해 말을 한다는 것이 얼마나 중요한 것인가를 알았다. 물론 시종일관 아무 말도 없는 참석자를 나름대로 이해하지만 말 많은 사람의 효율성을 인정하는 것이다.

나는 인생에서 가장 자랑스러운 것이 '2018 평창동계올림픽'에서 강원경찰청장으로서 치안의 선봉장에 선 것이다. 당시 대회에 참가했던 세계인들을 만족시킨 것 중에 안전한 치안이 최고의 평가를 받았기 때문이다.

대회를 불과 58일 앞둔, 2017년 12월 13일 부임을 했었다. 짧은 시간에 내가 최선을 다해 꼼꼼히 실태 파악을 할 수 있었던 것도, 원활한 소통과 정보 교환의 장인 회의의 힘이었다.

회의 때마다 나는 구성원들의 말을 경청한다. 그리하면 해결하지 못할 문제가 없을 정도로 온갖 재치와 방안이 넘쳐나기도 한다. 자기 말만 하는 것은 회의가 아니라 강압적 지시며 일종의 강좌일 뿐이라고 여긴다.

외부와 교감하는 지혜 덕분인지 돌아보면 나는 일찍이 앞길을 선명하게 그렸다. 1983년, 307전투경찰부대원으로서 여의도 이산가족 찾기에 지원을 나갔다가 정식 경찰이 되기로 마음먹었다. 복잡한 거리에서 울부짖는 가족들을 질서 있게 안내하는 경찰의 역할이 멋있어 보였기 때문이다.

그리고 1988 서울올림픽이 열리던 해, 3번의 도전 끝에 제37기 경찰간부후보생 시험에 합격했다. 2018 평창동계올림픽에서 경찰 인생의 꽃을 피웠으며, 2019년 제34대 대한민국 치안 1번지 서울경찰청장이 됐다. 여기에도 소통능력이 축복의 통로가 된 것 같다.

강원경찰청장으로 부임하자마자 곧이어 치밀한 회의를 통해 안전, 교통, 경비, 신변 보호. 우발상황대치, 민생치안, 북한 선수단 보호 등 한 치의 실수도 없이 해낼 수 있었다.

안전을 최고의 가치로 두는 대한석탄공사에서도 마찬가지였다. 혼란스러운 것들, 낯선 것들도 선명하게 이해할 수 있었던 것은 회의를 통해서다. 그래서 나는 회의 때마다 적극적인 직원의 애사심을 신뢰한다.

특히 소규모 간담회에서 친근감 있는 의견을 내놓는 직원의 얼굴은 오래도록 기억에 남는다. 동시에 의무감에 참석한 직원들의 가시방석도 쉽게 눈치 챈다. 민주주의에서 올바른 의사결정에 꼭 필요한 회의들…

그런데 대한석탄공사에서 가장 입이 떨어지지 않는 회의가 있었다. 40여 개의 외주업체 계약을 해지해야만 하는, 협력업체 점검회의였다.

과거 생산을 강조하던 시기에는 정규직원을 채용하지 않고 편법으로 저임금의 외주 근로자를 작업에 이용했다. 분쟁이 발생하자 대법원에서는 동일업무를 하는 외주직원들에 대해 정규직원에 준해 임금을 보전해 주라는 판결이 났었다. 말하자면 외주 근로자의 임금이 적은 대신 업체 대표에게 많은 이익이 가는 구조였다.

그런 직원들에 대해 퇴직을 원하는 직원은 퇴직하고 계속 근무하기를 원하는 직원은 임금을 인상해 주면서 기간제로 직접 고용하는 것으로 정리를 했다. 이러한 긍정적인 결과를 얻는 동안 갱도의 현장 점검만큼이나 세심한 주의를 쏟았다.

어찌 되었든, 나는 낯선 업무, 대한석탄공사 사장을 하면서 회의의 진가를 새삼 알게 되었다.

앞으로 남은 인생도 회의 장소같이 끊임없는 배움이 펼쳐지기를 간절히 소망한다.

① CEO 협력업체 안전간담회 장성광업소

② 2022. 4. 7. 도계광업소 경석처리장 현장 점검

③ 2022. 4. 17. 화순광업소 협력업체 안전간담회

④ 2022. 3. 31. 화순광업소 변전소 현장 점검

8 잊을 수 없는 슬픔

　내 생에서 2022년 9월 14일을 잊지 못할 것이다. 남·여·노·소 할 것 없이 모두가 약간은 들떴던 추석 연휴가 끝나고 2일 되던 날이다. 11시 30분경, 복잡하게 얽힌 이런저런 업무를 골똘히 생각하고 있는데 맑은 하늘에 날벼락 같은 보고가 들어왔다.

　침통한 표정의 안전본부장이 들어오더니 태백 장성광업소에서 사망사고가 났다고 말하는 것이었다. 아득해지는 정신을 추스르면서 곧바로 현장으로 달려갔다. 원주 본사에서 태백까지의 거리가 그렇게 멀고 지루했던 적은 없었다.

　사건 개요는 이러했다. 아침 9시경 갱 내에 들어갔던 직원 3명이 출수흔적(물이 새어나온 흔적)을 발견하고 관리자인 생산부장에게 보고했다. 생산부장은 과장, 계장을 대동하고 출수현장 점검에 들어갔다. 그 과정서 근로자들은 미리 대피시키고 직접 현장을 살피기 시작한 것이다. 그런데 앞장섰던 생산부장이 순간적으로 죽탄이 밀려오는 것을 감지, 뒤따르던 부하직원, 과장과 계장을 향해 "대피하라"고 소리를 질렀다. 두 사람은 곧바로 뛰쳐나오고 부장은 죽탄에 밀려 매몰되고 말았다.

　두 시에 현장에 도착한 나는 곧바로 작업복을 갈아입고 갱내로 들어갔다. 눈앞에는 죽탄 200여 톤이 100미터 이상 밀려와 있었다. 꿈에도 본 적 없는 검은 마왕의 덫이었다. 석탄과 물이 뒤섞여서 진흙 늪지 같아서 발을 빼거나 옮기기 힘들다고 했다. 찰진 검고 찰져 보이는 유동체는 마치 점액질의 괴물처럼 비좁은 갱도를 삼켜 버릴 기세였다.

괴물을 제거해야만 매몰된 직원을 구할 수 있는 상황이었다. 비좁은 갱도 공간은 구조 대원 몇 사람만이 투입되어 활동할 수 있었다. 나도 그중에 한 사람이었다. 직원들이 2차 피해의 우려가 있으니 나가 있으라고 나를 밀어냈다. 하지만 나는 두렵지 않았다. 제발 기적이 일어나기를 눈물로 기도했다.

광업소 자체 구조대가 투입돼 고군분투했다. 하지만 비좁은 갱도, 소형 굴착기 궤도 이탈, 구조 작업 기계 고장 등 악조건이 겹치면서 반도 진척이 나가지 못한 상황에서 첫날이 저물고 말았다. 잠을 잤는지 깨어 있었는지 분간을 할 수 없는 상태로 밤을 보내고 다음 날 12시경 다시 입갱해 최접점에서 직원들의 작업을 도왔다. 최고 책임자로서 함께 죽어도 좋다는 생각이 들었기 때문이다.

15일 저녁 8시경, 미니포클레인으로 죽탄과 전투를 벌이던 직원이 매몰된 부장을 발견했다. 나는 이미 숨을 거둔 그의 얼굴과 귀에 있는 죽탄을 닦아주면서 울음을 참을 수가 없었다. '너를 지켜주지 못해 미안해'라고 46세의 짧은 생명에게 수없이 사과했다. 노조를 비롯한 근로자들이 지금까지 오히려 나를 위로했다. 지금껏 많은 순직사고가 있었으나, 사장이 직접 목숨 걸고 땅굴 속으로 들어가 구조에 동참한 적은 없었다면서 뜨거운 동지애를 드러냈다.

그 후로 홀로 깨어 있는 날에는 죽탄에 쌓여있던 차디찬 얼굴이 떠올라 숨죽여 울었다. 마치 저세상 사자의 도포 자락 같은 검은 물체, 강력한 흡착제처럼 떨쳐 낼 수 없었기에 안타까웠던 젊은 주검….

내가 겪은 이별 중에 가장 아팠다. 연로한 부모님이 돌아가셨을 때는 생의 주기 중에 피할 수 없는 과정이라고 슬픔을 달랠 수 있었다. 하지만 생산부장의 젊은 죽음은 그의 가족들을 생각하니 뼈를 도려내는 것 같았다.

그렇게 잊을 수 없는 상흔을 남긴 2022년 가을은 빠르게 흘러갔다. 11월 1일, 창립 72주년을 맞아 모범직원에게 표창장을 수여하고 12월 31일, 너무나 허전한 종무식을 치렀다.

① 2022. 9. 14. 태백장성광업소 사고현장 브리핑

② 작업 중의 한 장면

③ 2022. 9. 22. 3차 안전점검 경영위원회의

④ 2022. 11. 1. 창립 72주년 표창장 수여

⑤ 2022. 12. 31. 종무식

Ⅲ부

역사의 끝자락

2023. 1. 1.~2023. 10. 31.

① 한 해를 시작하면서

또 새해가 밝았다.

돌아보니 생애주기별로 새해를 맞이하는 느낌이 달랐다. 유년기에는 가질 수 있는 것들 때문에 설레었었다. 기름진 음식, 세뱃돈, 설빔…

청소년기에는 나이 먹는 것이 좋았다. 성인이 되면 돈을 벌 수 있고 자유가 있고 아름다운 사랑이 찾아올 것만 같고… 장년기에는 새로운 업무에 대한 기대로 부푼 시무식이 가슴이 벅차서 좋았다. 그리고 인생 갈무리 초입인 60대인 지금, 국가 재산의 한 부분을 마감해야 하는 피할 수 없는 상황이 운명처럼 느껴진다.

막차를 타기 위해 정거장으로 걸어가는 정든 이의 뒷모습을 보는 것처럼 가슴이 아리다. 그리고 생활 환경의 변화, 환경적 이슈들, 사회적 합의, 마지막을 준비하는 정부의 제도들 등에 의해 마치 집단 따돌림을 당하는 허름한 노인의 모양새 같기도 하다.

그런 뒷모습을 마주 잡고 끝까지 최선을 다하는 직원들을 보니 뭉클했다. 젊고 유능한 직원들의 앞날이 화창하기를 진심으로 빌고 또 비는 마음이다. 그리고 평균 연령 50대 중반인 갱내 채탄 직원들의 건강과 행복한 노후도 진심으로 기원한다.

그동안 조기폐광 관련 회의를 수차례 실시했었다. 생산단가가 판매단가보다 높아서 유지하면 할수록 적자인 구조를 정부는 오래도록 감당할 의지가 없었다. 더구나 취약계층을 위한 연탄인지라 수십 년간 가격도 동결해 왔었다.

역행할 수 없는 거대한 흐름 속에서 일본의 경우를 생각해 보았다. 우리와 같은 절차를 거쳤으나, 국가 안보에너지로서 한 개의 탄광은 유지하고 있다고 한다. 이런저런 사정을 말할 수는 없는 처지여서 오직 정부의 정책에 맡길 뿐이다.

복잡 미묘한 심정으로 대한석탄공사의 한 해를 시작하면서 통과의례 같은 시간을 가졌다.

1월 9일 간부직 임명장을 수여했다. 과거 일부 상위직에 국한해 수여하던 임명장을 나는 승진, 보직 이동 등 일반직도 임명장을 수여했다. 공기업 직원으로서 사명감을 상실해가는 시점이지만 한 개인으로서 자존감을 높여주고자 시행한 것이다. 마치 평생 잊지 말라는 이별의 증서처럼.

문득 지난 해 지인을 통해 알게 된 박우현 시인의 시, "그때는 그때의 아름다움을 모른다"가 떠올라 찾아 읽으면서 마음을 달랬다.

"이십 대에는 서른이 두려웠다/ 서른이 되면 죽는 줄 알았다/ 이윽고 서른이 되었고 싱겁게 난 살아 있었다/ 마흔이 되니 그때가 그리 아름다운 나이였다

…중략…

일흔이 되면 예순이 그러하리라/ 죽음 앞에서/ 모든 그 때는 절정이다/

모든 나이는 아름답다/ 다만 그때는 그때의 아름다움을 모를 뿐이다"

절절한 공감과 감동에 젖어서 내 인생을 돌아보았다. 언제나 진행 중이며 미완성이었다. 2023년도에는 가끔이라도 현재의 만족함을 알 수 있으면 좋겠다. 완성을 향해 치닫는 대한석탄공사 역사에 빚만 남기는 일이 없기를 소망하기 때문이다.

① 2023. 1. 2. 시무식

② 2023. 1. 9. 간부직 임명장 수여

③ 2023. 1. 13. 신년업무보고

② 날마다 하는 기원

　연례적인 현장 방문을 시작했다. 지난 해 9월 14일, 평생 잊지 못할 상처를 남긴 장성광업소였다. 안전이 최고라고, 무재해 현장의 시상도 겸하고 보니 마음이 천근만근이다. 탄광 역사상 매년 피할 수 없었던 것이 순직사고라지만 내 생에 처음 겪은 아픔이었다.

　대도시의 어떤 이는 "석탄광산 인명피해 뉴스를 접하고 개발도상국가 어느 한 곳 같은 느낌이 든다"고 말해 왔었다. 올챙이 적 삶을 잊는 듯한 말에 무언가가 울컥 솟아올랐다.

　21세기를 맞이해 많은 영역이 AI화되고 있지만 채탄 작업 현장만은 그렇지 못하다. 뒤안길로 밀려가는 중이지만 아직은 에너지 정책과 서민의 생활에 직간접 영향을 미치는 소중한 현장이다. 아마도 광산이 존재하는 한 지하 수백 미터에서 이뤄지는 노동은 사람 몫이 아닌가 한다. 그래서 나는 개인적으로 탄광 종사자들을 귀한 인력으로 여긴다.

　지난 9월 14일, 그 귀한 사람 중에 하나를 잃었다. 나도 순직해도 좋다는 각오로 사고가 난 갱내에서 구조 지휘를 했었다. 전직 경찰로서 마음과 몸이 단련되어 있었기에 두렵지 않았는지도 모른다.

고백하건대 지난해 순직사고는 다른 점이 있다. 갱내를 맡은 채탄공, 굴진공, 보조공 등 생산직 근로자가 아니라 관리직 중견간부 생산부장이다. 지식과 이론으로 무장된 젊은 엔지니어였고 국영기업 인재였다. 한걸음 떨어져 상황을 지휘할 수 있었지만 출수 위험 보고를 받는 즉시 현장으로 달려갔다. 그리고 앞장서서 확인, 작업자들을 대피시킨 뒤 마지막으로 빠져나오다가 변을 당한 것이다.

나 역시 어두운 땅굴 속으로 들어가 구조작업을 내 눈으로 확인했었다. 이미 이 세상 사람이 아닌 차디찬 그의 얼굴을 닦아 주면서 울고 또 울었다. 직원들은 "순직사고에서 사장이 갱내에서 함께한 일은 처음이라고, 그만 슬퍼하라고" 위로했었다.

하지만 역사상 근로자들을 대피시킨 간부가 순직한 경우도 이번이 처음이라는 것을 알고 있다. 위험과 맞선 그 강력한 책임감, 그 보이지 않는 힘을 나는 알 것만 같다.

앙금으로 남아 있는 것들은 작은 울림에도 부상해 온 마음을 섭렵한다. 그날의 아픔이 서린 나는 첫째도 둘째도 안전을 강조했다. 생산은 두 번째다. 도계광업소, 화순광업소를 거쳐 2월 28일에는 '안전실천 결의대회'를 개최했다. 지난해보다 안전 관련 예산도 17억 원 늘려서 349억 원으로 확대, 구체적 바탕도 마련한 터였다.

임직원·노동조합 관계자 등이 참석한 연례적 시간이었으나 '안전-긍정의 착각', '자식을 걱정하는 마음처럼' 등 안전 관련 동영상 교육을 수강에서 깊은 공감을 받기도 했다.

우리 속담에 "돌다리도 두들겨보고 건너라, 아는 길도 물어 가라"는 것이 있다. 직원들이 철저한 점검 자세로 안전한 일터가 되기를 간절히 바랄 뿐이다. 이를 위해 지난해에는 갱내 위험작업 협력업체 직영 전환에 이어 이번 달 갱외 협력업체에 대한 직영전환을 완료했다.

누구도 배제되지 않는 확고한 안전문화 정착에 최선을 다하기 위함이었다.

① 2023. 2. 7. 장성광업소연두순시 무재해시상

② 2023. 2. 8. 도계광업소연두순시

③ 2023. 2. 8. 도계광업소연두순시

④ 2023. 2. 28. 안전실천결의대회

③ 노사협의회

　　부임 후 가장 기억에 남는 일 중 하나가 노사협의회다. 조기폐광문제로 여러 해 동안 첨예한 대립각을 세웠던 터였다. 이미 생활의 동반자로서 석탄을 잊은 대중들에게는 피상적인 문제지만 말이다.

　　하지만 알아야 한다. 아직도 석탄이 필요한 사람들이 엄연히 이 땅에 살고 있다는 것을. 아니 현장에 남아서 명맥을 유지하고 있는 종사자들과 협력업체의 생계가 달린 절대적인 문제라는 것도 말이다. 나 역시 대한석탄공사 사장으로서 아쉽기는 마찬가지다. 가슴 한쪽에는 동질감 비슷한 아쉬움이 자리하기도 했다.

　　이심전심, 진심을 담아 수차례 노동조합과 회의를 했으며, 2월에 조기폐광 합의라는 결론을 이끌어냈다. 원주 본사에서 열린 노사정협의체에서다.

　　올해인 2023년 전남 화순광업소, 내년 2024년 태백 장성광업소, 후년 2025년 삼척 도계광업소를 차례로 폐광하기로 잠정 합의한 것이다. 1903년 석탄 생산 시작 후 120년이 지났고, 1950년 석탄공사 출범 70년 만이다.

　　화순광업소는 1905년 문을 열었으며. 118년 만에 역할과 기능을 마치는 것이다. 그 허전함을 무엇으로 표현할 수 있겠는가. 내 마음이 이러할

진데 생사고락을 함께해 온 직원들과 주민들은 어떠할까. 아마도 잠 못 드는 누군가가 있을 것이다. 마치 죄인이 된 심정으로 4월 3일 중앙노사 협의회의를 화순광업소에서 개최했다. 얼굴을 마주한 한 사람, 한 사람이 가슴 안으로 스며들었다.

나의 가치관 속에는 노동이라는 부분이 넓게 분포하고 있어서 모두가 아렸다. 내가 아는 노동자는 약자였고 나 또한 성장기에 약자였으며, 약자를 보호하려는 철학으로 경찰공무원을 했다. 사람은 생존을 위해 어떤 형태로든 일을 해야 한다. 스스로 현금을 창출할 자본을 가지지 못했다면 자본가에게 노동력을 팔아야 한다.

자본가는 싼값에 노동력을 사거나 아예 착취하는 경우가 허다했으며 아름다운 청년 전태일이 탄생했다. 그리고 노동자의 권리가 보장되고 최저임금이 책정되고 정당한 거래를 위한 제도도 만들어졌다.

구태여 어려운 과정을 설명하지 않더라도 산업화 시대에 공장으로 간 동네 누나들도 알고 있으며, 근대문학 김동인의 "감자" 소설을 통해 감자 한 알에 몸을 파는 여성 주인공 이야기도 알고 있다. 절절한 가난이 얼마나 사람을 피폐하게 하는가? 그 터무니없는 대가를 받고서라도 일을 해야만 했던 노동자들의 희생이 오늘날 부흥의 거름이 되었다.

고무신 공장, 봉제공장, 가발공장, 방직공장, 깡통공장, 유리공장⋯ 밤을 지새우면서 일해도 정당한 보상도 없었고 더구나 아파도 안 되었다.

인류의 역사는 노동을 통해 발전해 왔다고 생각한다. 공동체 노동이 필요했던 원시시대를 지나 여러 과정을 거쳐 노동력을 사는 자본가가 탄생했다. 그리고 그들에 의해 짓밟히는 집단의 상처를 만져 주다가 민주주의

가 싹텄다. 그 터전 위에서 지금은 서로가 서로를 이해하며 협력하기를
바라는 세상이 되었다.

5월 30일, 화순광업소폐광 한 달 앞두고 근로자와 협력업체 유공자들에
게 특별포상을 했다. 그동안 육체적, 정신적으로 최선을 다하며 성실하게
근무했던 사람들이다. 부디 희망과 용기를 갖고 새로운 아침을 맞이하기
를 간절히 기원했다.

① 2023. 2. 25. 조기폐광 중간 점검 회의

② 2023. 4. 3. 화순광업소 폐광을 앞두고 현장에서 중앙노사협의회의 개최, 육체적, 정신적으로 최선을 다했던 사람들을 앞에 두고…

③ 2023. 4. 3. 화순광업소 폐광을 앞두고 현장에서 중앙노사협의회의 개최, 희망과 용기를 갖고 새로운 아침을 맞이하기를 간절히…

④ 2023. 5. 30. 화순광업소 조기폐광을 앞두고 직원 50명에게 특별 포상 수여

⑤ 2023. 5. 30. 화순광업소 조기폐광을 앞두고 직원 50명에게 특별 포상 수여

4 멀고도 가까운 몽골

부임 후 난해하게 다가온 현장이 있었다. 백문이 불여일견이라고 하였건만, 국내의 3개의 광업소와는 달리 현장을 볼 수 없는 광산이었다. 그 존재에 대해 별도의 업무보고를 통해 파악하고 틈만 나면 심도 있게 검토했다. 바로 몽골 탄광이었다.

소유 배경은 2010년 12월 창립 60년 되던 해 외국 자원개발을 위해 한몽에너지개발(지분율 62.9%)을 설립하고 몽골 홋고르 샤나가(Khotgor Shanaga) 유연탄광 지분 51%를 매입해 운영해 왔다. '자원 외교' 일환이었다.

세계 10대 자원부국인 몽골 진출인지라 제2의 전성기를 맞게 될지도 모른다고, 기대에 부풀었던 것을 보도에서 본 적이 있다.

그러나 정반대로 국내를 비롯한 세계의 석탄산업은 하향길을 걸었으며, 그 현장도 성장하지 못했다. 투자 당시에는 5년 내 투자액을 회수하고 이익을 낼 것으로 분석했으나 실제 판매량은 2020년까지 1만 톤에도 이르지 못해 애물단지로 전락한 것이다.

따라서 2020년부터 비상경영체제로 전환해 운영자금을 축소했다. 몽골 정부 협정과 지원 아래 최소한의 사업은 유지하되 추가 자금 투입을 멈춘 것이다. 따라서 정상적인 사업운영은 물론이고 광업권 유지도 어려운 실정이었다. 앞서 2014년부터 매각을 추진해 왔으나 이마저도 여의치 않은 상황이었다.

4월, 내부적으로 무거운 짐이 되는 그 탄광을 매각하기로 하고 입찰을 준비했다. 국제 석탄가격 등 에너지 자원의 고공행진이 이어졌기 때문이다. 몽골 탄광을 정리할 수 있는 적기라고 보았다. 이와 관련해 각종 매체에서 앞다퉈 다뤄주었다.

대한석탄공사 몽골 홋고르샤나 탄광 매각 준비…가치 400억 원 예상

김인규 기자 kimingyu1220@kwnews.co.kr

입력 : 2023-04-10 15:54:31 (08면) 기자의 다른 기사 보기

공사 "해외 지분매수 희망 업체 접촉 중"

대한석탄공사가 2010년에 매입한 몽골 홋고르샤나 탄광의 매각을 준비하고 있다.

대한석탄공사는 최근의 국제 석탄가격 등 에너지 자원의 고공행진에 따라 몽골 홋고르샤나 탄광을 정리할 수 있는 적기라고 보고 매각을 위한 입찰을 준비하고 있다고 10일 밝혔다. 홋고르샤나 탄광은 공사가 처음으로 인수한 해외 탄광이다.

몽골 탄광은 매장량이 풍부하지만 몽골 서북부에 위치, 주변 수요가 적어 중국 등지로 수출을 해야 수익을 기대할 수 있다. 또 열악한 도로 인프라가 중국수출의 걸림돌로 작용해왔다.

다만 투자 이후 몽골 내에 아시아고속도로가 개통돼 도로 인프라가 개선되고, 공단에 따르면 해외에서 지분매수를 희망하는 업체가 접촉을 해 오고 있는 것으로 알려졌다. 게다가 해당 업체는 몽골 탄광을 인수해 일부 수출 도로 인프라 개선과 광산 선탄 설비에 투자해 중국 수출을 추진하겠다는 계획이다.

몽골 사업초기 글로벌 광업전문기업인 SRK 컨설팅사는 몽골 훗고르샤나가 탄광 매장량 총 5억4,000만 톤(제철용탄 3억8천만 톤, 발전용탄 1억6천만 톤)으로 평가했다. 인프라 및 시설 투자를 통해 중국 수출을 희망하는 해외 매수 희망자가 있고, 경영권 프리미엄까지 반영한 몽골 탄광의 총 매각 가치는 400억 원 전후로 전망되고 있다.

몽골 탄광은 매장량이 풍부하지만 몽골 서북부에 위치해 주변수요가 적어 중국 등지로 수출을 해야 수익을 기대할 수 있으나 열악한 도로 인프라가 중국 수출의 걸림돌로 작용해왔다.

다만, 투자 이후 몽골 내에 아시아고속도로가 개통되어 도로 인프라가 개선되고, 최근 국제 원자재 가격 상승에 힘입어 해외에서 지분매수를 희망하는 업체가 접촉을 해 오고 있으며, 몽골 탄광을 인수해 일부 수출 도로 인프라 개선 및 광산 선탄설비에 투자해 중국 수출을 추진하겠다는 의향을 표명해 오고 있다.

탄광에서 가까운 몽골 다얀국경까지 기존 도로 상태를 개선한 후 중국으로 수출할 경우 국경에서 140Km 거리에 중국 철도가 있어, 보다 낮은 물류비용으로 중국의 주요 소비시장인 신장 우룸치까지 공급할 수 있을 것으로 보았다.

대부분의 중국탄광이 지하탄광으로 생산원가가 높은데 비해 몽골 홋고르샤나가 탄광은 노천채탄 방식으로 생산비용이 낮아 중국까지의 운송비를 감안하더라도 판매하는데 문제가 없을 것으로 보고 있다.

인프라 및 시설투자를 통해 중국수출을 희망하는 해외 매수 희망자가 있고, 경영권 프리미엄까지 반영한 몽골 탄광의 총 매각 가치가 400억 원 전후로 전망되고 있다.

강원일보 4월 10일 기사

나는 어떠한 난관도 노력하면 돌파할 수 있다고 믿어 왔다. 하지만 국제적인 흐름과 맞물려 있는 문제의 사업에 대해서는 다각적인 영향력이 필요하다는 것을 알았다. 과연 내가 할 수 있는 일은 무엇일까. 무거운 책임감에 등이 휠 것 같다.

황금의 무게가 국가의 가치를 부여하는 세상이다. 땅속에서 피땀 흘리는 광부들과 현장 근로자들을 떠올리면서, 몽골탄광으로 인해 빚만 늘어가지 않기를 간절히 염원해 본다.

① 도계광업소 갱내 작업 현장

② 도계광업소 갱내 현장

③ 2023. 5. 3. 장성광업소 수갱로프 교체 현장

④ 2023. 5. 3. 장성광업소 수갱로프 교체 현장

5 아아! 화순광업소

2023년 6월 30일, 화순광업소 종업식이 열렸다. 행사장으로 가는 자동차 안에서 차오르는 우울감을 억눌렀다. 목울대가 얼얼하도록 내리 삼키는 감정의 정체를 명료하게 설명조차 할 수 없었다. 사랑하는 사람과의 영원한 이별이 이러할까. 허전하고 공허하고 안타깝고 아쉽고, 수시로 그리워질 것 같은, 복잡하고 미묘한 심정이었다. 폐광 결정 후 여러 차례 오갔었기에 예견을 했지만 막상 닥치고 보니 숨어 있던 감정들이 고개를 든 것이다. 세상 모든 것은 끝이 있다는 진리를 알고 있지만 내게 당도한 끝은 절대적인 아픔이었다.

구복규 화순군수와 의견 교환의 시간도 가졌으며, 노동조합 요구조건을 최대한 수용도 했다.

그러나 그것이 일터를 떠나는 사람들에게 얼마나 위로가 될 것인가. 실제적인 도움은 또 얼마나 될 것이며, 새로운 꿈과 희망에 어떤 부분을 차지할 것인가. 아무리 따져 보아도 답이 없었다.

나는 종업식장에서 "망망대해로 자식을 떠나보내는 부모의 심정이라고" 말했다. 여기저기서 흐르는 눈물을 감추지 못하는 직원들이 눈에 띄었다.

구복규 화순군수는 "폐광이 화순의 새 출발 되도록 최선을 다하겠다"고 용기를 주었다. 그리고 정부와 협상을 통해 대체산업 발굴에 전력하겠다는 의지도 밝혔다.

화순탄광은 1905년 4월 국내 1호로 문을 열었다. 1934년 일본인이 매입해 본격적인 채굴을 시작했다. 2023년 현재에 이르기까지, 118년 동안 남쪽 지방 최대 탄광으로서 경제부흥에 크게 기여했었다. 1973년과 1978년 두 차례에 걸친 석유 파동 때에는 든든한 난방 지킴이었으며, 지역사회의 발전의 원동력이었다. 동복면, 동면, 한천면, 이양면, 청풍면 일대 200㎢에 걸쳐서 20여 개의 광산이 있었다. 이는 30.7㎢의 면적에 80㎞에 이르는 갱도 길이를 가졌었다.

그런데 만성 적자의 힘에 밀려 2022년 노사정 간담회를 통해 조기폐광 논의가 이어졌고 올해 2월에는 지금의 화순탄광으로 시작해 2024년 태백 장성탄광, 2025년 삼척 도계탄광을 폐광하기로 최종 합의했다.

나는 골짜기의 기적, 탄광의 사라짐을 보면서 성장기를 보낸 평창의 산을 생각했다. 땔 나무를 하는 사람들로 인해 벌거숭이였다. 부잣집 처마 밑에는 장작이 빼곡하게 쌓여 있었고 시장에서는 나무 짐이 불티나게 팔렸다. 나는 형과 둘이서 아픈 아버지를 대신해 나무를 했었다. 도시락을 지게 끝에 매달고서 산등성이를 따라 먼 이웃 마을까지 갔었다. 그러나 가랑잎 외에는 마땅한 것들이 없었다. 그래서 연탄으로 인해 나뭇짐에서 벗어났을 때는 정말로 홀가분했었다. 하지만 그때는 몰랐다. 오늘처럼 이렇게 탄광이 사라지는 현장에 있을 줄은.

나무하던 시절에 벌거숭이였던 산등성이의 빼곡한 수풀을 보면서, 깊은 속을 파내어 한 시대를 풍요롭게 해준 자연이 감사했다. 환경을 보호하자는 지구촌 전체의 외침이 벌거숭이산에 나무를 심자는 그 당시의 구호처럼 들린다. 환경 아젠다에 진지하게 고민하면서 부응해야 한다고, 아픈 마음을 달래 본다.

화순광업소의 인연들 모두가 행복을 향해 올라가는 사다리를 발견하기를 바라면서 말이다.

① 2023. 6. 30. 화순광업소 종업식

② 2023. 6. 30. 화순광업소 종업식

③ 2023. 6. 30. 화순광업소 종업식

④ 2023. 6. 30. 화순광업소 종업식

⑥ 남은 것들에게 최선을

    좁고 어두운 지하에서 목숨 걸고 일하는 광부들은 그곳을 싫어하지 않았다. 인내하고 견딘 쓰디쓴 시간이 가족을 지키고 자식을 양육한, 달콤한 열매로 맺혔기 때문이다. 몇 시간 전까지 함께했던 동료가 싸늘한 주검으로 변하는 모습을 수없이 봐도 막장을 떠나지 못했다. 가스에 질식하고 탄에 묻히고 폭파 작업에 난청이 되고, 분진에 폐가 굳어가도 말이다.

    가난하던 시절, 전국각지에서 건장한 아들들이 광부가 되기 위해 모여들었다. 들은 바에 의하면 어마어마한 경쟁률이었다고 한다. 캄캄한 땅굴이 지금보다 나은 내일로 가는 지름길이었다.

    그러하거늘 시대의 변화는 그들을 비켜 가지 않았다. 어려운 단계를 거쳐 노조와 3개 광업소를 2025년까지 단계적으로 폐광하기로 합의했다. 노동조합원들이 입갱 농성까지 예고하며 저항했지만 20여 일 만인 극적으로 타협했다. 광부와 광업소 직원들에게 일종의 명예퇴직금인 특별위로금을 지급하기로 했고, 노조와 광부들이 이를 수용한 것이다. 더 일하고 싶어도 어쩔 수 없는 선택이었을 것이다.

    부임하고 얼마 지나지 않은, 2022년 7월 채탄법 등을 개발해온 60년 역사의 연구소도 폐쇄했고 앞서 2016년 이후 신규 광부를 채용하지 않았다고 한다. 나는 국회 "산업통상자원중소벤처기업위원회"가 폐광에 대비한, 근로자 대책비, 출수 피해방지비, 폐광용지 매입비 등을 통과시키도록 설득하는 데 전력을 다했다. 그 작업은 마치 갱도를 통과하는 것처럼 비좁고 답답했었다.

부임 후 직접 갱내 현장을 시찰했을 때다. 하마터면 멀미가 날 뻔했다. 수직으로 낙하하듯이 몇백 미터 내려간 다음 비탈길을 가듯이 수백 미터를 통과한다. 한 시간 가까이 걸리는 거리다. 지열도 견디기 힘든 조건이었다. 그 막장에서 만난 거대한 채굴 장비들이 마치 지하세계 빌딩 같았다. 천문학적으로 투자한 자본이기도 했다. 남아 있는 것들을 지키기에도 전력을 다해야 한다고 다짐도 했다.

화순광업소가 역사 속으로 사라진 시기와 맞물려 장마철이 되었다. 삼형제가 살다가 하나가 빠져나가고, 두 형제만이 남은 가정처럼 허허로운 마음에도 구름이 꼈다. 다른 해보다 더 많은 폭우가 쏟아질 거라는 일기예보를 보았다.

7월 4일, 중부지방 중심으로 서해안 일대에 호우주의보가 발효됐다. 남아 있는 것들에 대한 애착이 일면서 다음날인 7월 5일 장성광업소로 안전점검을 나섰다. 산허리를 감고 도는 뿌연 기운이 폐광으로 인해 설 자리를 잃어가는 주민들의 한숨 같았다. 나 역시 무거운 걸음으로 시설물과 막장 주변을 살폈다. 갱도가 있는 산은 지반이 약해서 예상치 못하게 무너질 염려도 있었다. 실제 탄광이 있던 어느 산자락 고속도로 현장이 약해진 지반 탓에 무너졌다는 뉴스를 언뜻 본 듯도 했다.

　강원도 곳곳에서 수해 소식이 들려왔다. 멈출 줄 모르는 빗속을 달려서 도계광업소도 안전점검을 했다. 귀가 먹먹할 정도로 우산에 떨어지는 빗소리가 요란했다. 마지막을 준비하는 슬프고도 장엄한 음악처럼 들렸다. 그래도 남아 있는 날들을 위해 18일에는 아예 집중호우 대책회의를 개최했다. 마치 익숙한 한 곡의 노래 같은 시간이었다.

① 장성광업소 전경

② 2023. 7. 5. 장성광업소 안전 취약시설점검

③ 2023. 7. 5. 장성광업소 안전 취약시설점검

④ 2023. 7. 13. 도계광업소 안전점검

⑤ 2023. 7. 18. 집중호우 대책회의

⑥ 2023. 7. 18. 집중호우 대책회의

⑦ 광부가 주는 교훈

어린 시절, 가끔 어른들이 논쟁하던 말이 있었다. "먹기 위해 사는가, 살기 위해 먹는가"였다. 결론은 부자들은 먹기 위해 살고 가난한 사람들은 살기 위해 먹는다는 것이었다. 설명하자면 부자들에게 먹는 것은 즐겁게 누리는 것 중 하나이고, 가난한 사람들에게 먹는 것은 목숨 연명을 위한 절대적 행위일 뿐이라는 것이다.

우리도 한번 잘살아 보자고 외치던 시절에는 대부분의 사람들이 살기 위해 먹었다. 그래서 먹고도 남을 만큼 돈 버는 탄광은 선망의 대상이었다. 암흑의 정글을 헤쳐 가면서 눈앞의 돌을 깨고 땅을 파고 검은 진주, 석탄을 캐내던 사나이들! 그들을 일컬어 산업 전사라고 했다. 생업의 전쟁터에서 목숨을 잃고, 다치고, 골병이 들어도 기꺼이 감내하는 자세가 말 그대로 전사(戰士)였다. 사람에 대한 인식이 자연의 일부인 짐승에서 사회의 일부인 인간으로 발전(?)하는 시기이기도 했다.

그 시절의 증거를 보존하는 석탄박물관이 몇 군데 있다. 좁고 어두운 굴 속에서 먹물을 칠한 듯한 얼굴로 도시락을 먹는 아버지들, 우주인 같은 복장으로 줄이어 막장을 걷는 표정들, 검은 탄차를 미는 차력사 같은 자세, 근육이 유난히 드러난 곡괭이질을 하는 등허리…

보는 것만으로도 뭉클할 것이다.

특히 개미가 파 내려간 땅굴 모형을 안다면 숨 막히는 환경을 쉽게 이해할 수 있을 것이다. 구불구불한 지하 길을 따라 중간중간 둥그런 양식저장소가 있는 개미 굴 말이다. 그곳에 있다가 바깥에 나오면 천국처럼 환한 빛이 쏟아진다. 이 땅의 수많은 가장들이 날마다 어둠의 세상과 빛의 세상을 오간 덕분에 배부른 시대가 왔다. 즉 살기 위해 먹는 행태를 벗어나 살이 찌는 걱정을 하는 세상이다. 나아가 먹는 즐거움이 담긴 방송이 인기를 끌고 맛집 투어가 일상이 된 사람들도 있다. 이 얼마나 고맙고 감사한 세상인가.

가난을 겪어 보아야 부의 소중함을 안다. 가난한 시절을 살아낸 나는 광부들의 일터를 직접 보았고 지휘했던 장본인이다. 아마도 생명이 다하는 날까지 가슴에서 지워지지 않을 것 같다.

가난해서 평등이니 존엄이니 하는 개념과 동떨어진 과거였다. 죽도록 일을 했던 어버이들을 본 우리 세대는 지식이 힘이라는 믿음 안에서 죽도록 공부했다. 상위권에 들면 먹고살 걱정 없는 장래의 주인공이 될 것이라고 내심 안심했다. 일터를 차지한 세대들은 얼마 지나지 않아서 새로운 시대에 적응하기 위해 컴퓨터를 배우고 인터넷과 연결 고리망 활용법을 익혔다.

그 과정에서 외환위기를 맞고 구조 조정으로 실업자가 생기고 그래도 다시 일어섰다.

무사히 살아내고 낸 지금은 공부 잘하고 많이 배우고 부자만이 존중받는 것이 아니라 사람이 사람을 이해하고 정직하고 올바른 사람이 존중받는 세상으로 변했다. 점차 죽도록 일을 해야만 하는 것에게서 놓여나는 것이다. 4차 산업, 인공지능 시대이기 때문이다.

아득한 과거 생명체가 땅속에서 석탄이 되어 나타났듯이, 가난을 극복한 희생이 풍요라는 보물로 곁에 와 있는 것이다.

마음에 상처가 많은 사람은 외부의 눈짓 하나에도 반응한다. 가난을 아는 나는 광부들의 애환을 진심으로 이해한다. 변화에 부응한 이제 내가 할 일은 무엇인가 생각해 본다.

① 도계광업소 갱내 작업

② 도계광업소 갱내 작업

③ 도계광업소 갱내 작업

④ 2023. 9. 21. 도계광업소 현장 안전점검

⑤ 2023. 9. 21. 도계광업소 현장 안전점검

⑧ 2023년 국정감사

불교에 108 번뇌라는 것이 있다. 나의 관점에서는 108명의 사람이 있다면 생각도 108가지가 존재해서 그렇게 부른가 보다 한다. 108개의 생각을 하나로 통합하기란 불가능할 것이다. 다만 비슷한 것들끼리 묶을 수 있을 뿐이다. 그 묶음들 안에서도 옅고 짙은 다름이 조화를 이루거나 때에 따라서는 갈등도 한다.

그러나 가를 수 없는 것은 개개인이 존엄하며 행복을 추구 할 권리가 있다는 것이다. 이는 주권이 국민에게 있다는 민주주의의 근본이 되었으며, 국민을 대표하는 입법부 구성원을 뽑는 의회가 되었다. 이는 국민이라면 누구나 태어나면서 부터 아는 이야기다. 궁극적으로는 서로 달라도 국가의 발전을 추구하는 것이 목적인 것이다. 그래서 그들은 국정감사라는 것을 한다.

국영기업체의 사장으로서 2023년 국정감사에 임했다. 2년 동안 현장을 누비며 전심전력을 했던 터라 부끄러울 것이 없었다. 하지만 불가항력적인 질타를 받을 수밖에 없었다.

"석탄공사, 몽골탄광 400억 받고 판다더니
실제 매각가치 8억여 원 불과"

원주 소재 대한석탄공사의 '몽골탄광 사업' 투자금이 회수되지 못하고 있는 것으로 드러났다.

국회 산업통상자원중소벤처기업위원회 소속 더불어민주당 정청래(서울 마포을) 의원이 24일 석탄공사로부터 제출받은 자료를 분석한 결과, 석탄공사는 지난 2011년 몽골 훗고르샤나가 탄광에 자본금과 대여금을 합쳐 현재까지 283억 원을 투자했으나, 아직 투자금을 회수하지 못하고 있는 것으로 확인됐다.

석탄공사는 최근 국제 석탄가격이 높게 형성되고 있어 이달 안에 매각주관사를 선정, 경영권 프리미엄을 포함 400여억 원 규모로 매각을 추진하겠다는 입장이다.

그러나 이 몽골 탄광은 개발 초기부터 판매할 거래처를 구하지 못하다가 2016년 이후 탄광 생산마저 중단되면서 휴광 상태다.

2017년 1차 탄광매각을 추진했으나 성사되지 못했고, 2022년 석탄공사가 실시한 사업타당성 조사용역 실시 결과 매장된 석탄의 품질이 떨어져 실제 매각가치는 8억 7000만 원에 불과한 것으로 평가됐다.

석탄공사는 이후 지속적인 영업손실에 따라 완전자본잠식 상태에 놓여 있으며, 특히 오는 2025년까지 3개 탄광(화순, 태백, 삼척)이 차례로 폐쇄된 후 기업 존립마저 불투명한 상황이다.

정 의원은 "무분별한 해외자원개발 투자로부터 시작된 손해가 공기업의 완전자본잠식으로 회복할 수 없는 지경에 다다랐다. 이미 사업의 회생이 어려운 상황이라면 희망고문을 할 게 아니라 하루라도 빨리 정리해야 할 것"이라며 "지금은 2025년 폐광 이후 석탄공사의 사업방향과 존립을 고민해야 할 때다. 산업부는 2025년 이후 석탄공사의 존폐와 향후 사업진행, 유휴인력에 대한 활용방안 등을 고민하고 내놓아야 할 것"이라고 했다.

이와 관련, 원경환 석탄공사 사장은 이날 열린 국회 산자중기위 국정감사에서 "지난해 타당성 용역 결과에선 약 8억 원이 나왔지만, 이는 중국 수출과 같은 미래 가치, 인프라 개선 부분이 반영되지 않아 낮게 평가된 것"이라며 "매입한 비용에 상응한 최고의 가격을 받을 수 있도록 매각을 진행하겠다"고 답했다.

출처 : 강원도민일보(http://www.kado.net)

이세훈 기자(10월 24일)

현재 일본은 해외투자에서 얻어지는 이익이 상당하다고 한다. 대한석탄공사도 이와 같다면 얼마나 다행이겠는가. 지구촌 환경이 변화하고 인류의 생각이 변하는 전환점에서 대안이 무엇이겠는가. 발전 방안 모색을 위해 여러 차례 개최했던 이사회의도 떠올랐다.

아직은 별다른 묘책이 없음에 국정감사를 마친 날 밤에는 잠을 이룰 수가 없었다.

① 2023년 2월 28일, 2차 이사회의

② 2023년 8월 29일, 제7차 이사회의

IV부

이런저런 조각들

2021. 11. 9.~2023. 11. 10.

① 국립춘천병원 업무협약 단상

유년기 시골에서 깡통 들고 밥 얻어 오는 사람을 더러 보았다. 그중 쪼록쪼록 때가 낀 군복 바지를 입고 헝클어진 긴 머리카락이 대걸레 수술같이 치렁거리는 아주머니가 기억에 남는다. 6.25 때 아들과 남편과 시아버지, 어린 아들을 동시에 잃고 그렇게 되었다고 들었다.

전쟁이 남긴 상흔이었다. 1차, 2차 대전 후 유럽에서도 전쟁피해자들이 정신병적 현상을 많이 나타냈다는 이야기를 본 적이 있다. 심각한 스트레스를 받으면 회복이 어려운 사람의 정신상태인 것이다.

현대는 어쩌면 살아가는 것 자체가 전쟁일지도 모른다. 생명체로서 존재하기 위해서 이겨야 하는 것들이 얼마나 많은가. 세균을 이겨내야 정상적인 생체리듬을 유지하고, 생계 활동도 어느 면에서는 경쟁에서 승리의 결과물이다. 그러하니 정신이 건강하지 못한 경우는 허다하다.

과거에는 숨기던 마음의 병도 이제는 당당히 드러내고 치료하는 사회가 되었다. 보이는 몸과 보이지 않는 정신으로 구성된 인간의 균형을 위해서 참으로 다행이다.

살면서 몸은 건강하지만 마음이 병든 사람들이 벌이는 온갖 범죄를 보아 왔다. 충동적인 살인, 무차별 폭력, 남의 것을 빼앗는 절도, 강간, 약자를 괴롭히는 착취 등등…

"건강한 신체에 건강한 정신이 깃든다"는 학창시절 계몽 문구를 본 적이 있다. 그런데 소위 사지가 멀쩡하고도 남을 해치는, 썩어빠진 정신은 어디서 온 것일까. 약한 몸이 원인이 아니라 환경이나 탐심 등등 때문이다. 즉 기형적 정신은 약한 신체의 결과물이 아니라는 것이다.

전문적인 설명은 생략하고서라도 나는 거꾸로 "건강한 정신에 건강한 육체가 깃든다"라고 강조하고 싶다.

2023년 9월 28일, 국립춘천병원과 업무협약을 체결했다. 우리 직원들의 정신건강증진을 위해서다. 스트레스 검사, 정신건강평가, 힐링캠프 등 통합정신건강 서비스를 제공 받기로 했다. 안전은 무엇보다 직원들의 정신건강과 가장 밀접한 관계가 있다. 소위 신경이 곤두선 상태에서는 젓가락질도 잘 안되는 것을 경험한 적이 있지 않던가. 생산현장 직원은 물론이고 사무실 직원들의 마음 건강도 바랐다. 존립 자체가 이슈화되는 직장에서 어찌 마음 편하겠는가.

성서에는 "노하기를 더디하는 자는 용사보다 낫고 자기의 마음을 다스리는 자는 성을 빼앗는 자보다 나으니라"라는 구절이 있다. 온갖 이견들이 존재하는 기관에서 누구나 감정의 변수가 있을 것이다. 마음을 다스리는 내적 힘으로 장차 무엇이든 못 하겠는가. 아무튼 전문기관의 도움을 받기로 하니 든든한 배경이 생긴 것 같았다.

살면서 마음이 건강한 사람들도 보아왔다. 그들은 절망에서 다시 일어
난다는 공통점이 있었다. 진심으로 내가 만난 대한석탄공사 직원들이 모
두가 건강한 정신으로 끝까지 미소를 잃지 않기를 간절히 바라는 바다.

① 2023. 8. 28. 국립춘천병원과 정신건강 향상을 위한 업무협약 체결

② 2023. 8. 28. 국립춘천병원과 정신건강 향상을 위한 업무협약 체결

③ 시멘트를 뚫고 솟아난 쑥의 생명력, 어느 고속도로 휴게소에서 발견하고 프레임에 담았다.

④ 석탄가루가 범벅이 된 지하 어둠속에서도 길 잃지 않고 묵묵히 전진하는 광부의 모습

② 물드는 마음

    남자 형제들 숲에서 자란 나는 독특한 로망이 있다. 어머니 같은 누나, 세상에 단 하나밖에 없는 큰누나의 손톱에 물든 봉숭아 물이다. 철이 들 무렵 언뜻 본 누나의 빨간 새끼손톱은 너무나 예뻤다.

    첫눈이 내릴 것만 같은 초겨울 어느 날, 먼 곳에 사는 누나가 왔었다. 날마다 생계를 위해 집을 나서는 어머니가 혼자 김장을 하실까 봐 걱정이 되어 온 것으로 기억한다. 배추를 다듬는 손이 움직일 때마다 춤추듯이 파란 배춧잎 속을 들락거리던 빨간 손톱, 꽃처럼 보였다.

    흔한 여름 꽃, 봉숭아 물이라는 것을 알지만 우리 집에는 그 누구도 시도조차 한 적이 없었다. 유일한 여성인 어머니는 잠조차 편히 잘 수 없을 만큼 바빴고 그 시절 형들과 나는 남자는 그냥 몸을 가꾸면 좀팽이라고 여겼었다. 금기시 하는 것에 더욱 마음 끌리는 것이 인간이다. 그래서 봉숭아꽃을 무척 좋아했다. 어떻게 단단한 손톱에 스며들 만큼 강력한 힘을 가졌을까. 아직도 그 자세한 이유는 모른다.

    하지만 나는 광산에서 인간도 서로에게 물을 들일 수 있는 존재라는 것을 알았다. 나쁜 친구들에게 물들어서 이렇고 저렇고 하던 청소년 범죄 현장이 아니라, 서로가 서로에게 든든한 힘이 되는 관계였다.

나는 사무실 일보다 갱내에 들어가는 날이 은근히 더 좋았다. 안전을 기원하고 무사함을 빌면서 생명의 존중과 귀함을 체험할 수 있어서다. 아니 좁은 공간에서 생사를 함께하는, 강력한 동료애가 좋았다. 전쟁 영화에서 본, 전우애로 뭉친 사나이들에게 공감이 간다.

화순광업소가 문을 닫은 지 2개월 남짓하게 지난 9월, 도계광업소로 현장 점검을 나섰다. 작업복, 헬멧, 마스크 등 완전 무장을 하고 갱내에 들어갔다. 컴컴한 굴에서 얼굴조차 까맣게 물이 든 광부들의 체취가 그 무엇보다 아름답고 고귀한 사람임을 각인시킨다.

평균 연령 55세가 넘은 광부들이지만 내게는 청년처럼 건장하게 보여졌다.
굵은 주름과 단련된 어깨와 거친 손마디, 어디 하나 연약해 보이는 곳이 없다. 수많은 세월을 견뎌 온 강인함이었다. 아버지가 그랬듯이 대를 이어 광부가 된 이들도 있었다. 석탄을 하늘이 내린 보석으로 여기며 사는 사람들이었다.

나는 갱내에 깊숙한 곳에서 멍석처럼 거칠고 단단한 광부의 손바닥에 봉투를 들려주었다. 무사고로 버텨 주어서 고맙다는 인사였다. 헬멧에 붙은 랜턴이 마치 캄캄한 여름밤 반딧불처럼 빛을 발하며 서로의 존재를 선명하게 드러나게 했다. 청정 구역에만 산다는 반딧불이 광부의 땀방울에도 있었던 것이다.

어린 시절 누나의 손끝에 물을 들이던 봉숭아꽃처럼, 광부의 꾀부릴 줄 모르는 순진함이 내 마음을 물들이고 있었다. 조직 사회에서 단단하게 진을 쳤던 내 마음의 껍질 속으로 말이다.

남은 인생을 나도 누군가에게 이런 물을 들이면서 살고 싶다.

① 2023. 9. 1. 상반기 안전점검 특별포상, 동료들에게 선한 물을 들일 수 있는 직원에게 수여한 특별상

② 2023. 9. 21. 도계광업소 안전점검, 안전한 작업환경은 모두의 보약

③ 2023. 9. 21. 도계광업소 안전전검, 갱속에서 금일봉으로 격려를

④ 내가 제일 좋아하는 봉숭아꽃, 석탄공사가 있는 원주의 공원 근처에서 만났다.

③ 최후의 전선, 인천사무지소(석탄 비축장)에서

인천에는 석탄 비축장이 있다. 공식 명칭은 대한석탄공사 도계 광업소 인천사무지소다. 비축장은 3개 광업소의 저탄장 그리고 인천, 김제, 영월에 있다.

인천사무지소는 소송이 벌어진 장소다. 2014년 7월, 인천시 서구청이 전문기관에 의뢰해 토양오염실태 조사를 했으며, 그 결과, 비축장 내 불소 검출량이 기준을 넘었다는 것이었다. 이런저런 과정을 거쳐 두 차례 오염 토양정화조치 명령을 받았다.

이에 전국 비축탄장에서 비축탄을 채취해 자체 조사를 했으며, 토양오염 우려가 없는 것으로 나타났다. 문제의 비축장 경우 매립지 조성 당시 오염토양이 반입된 것으로 추측이 됐다. 개발행위를 한 적이 없기 때문이다.

지금은 법적 판단을 다시 구하는 중이며 항간에서는 공공기관 사이의 소송이 바람직해 보이지 않는다고도 했다. 원자력, 가스, 태양광, 전기 등에 밀려 사라진다고 해도 마지막까지 할 수 있는 방어는 해야 옳지 않은가.

올해 전남 화순광업소를 시작으로 2025년까지, 3개이던 광업소가 차례로 문을 닫는다. 당초 2030년이면 모든 탄광이 문을 닫아야 하는 상황이었고, 어차피 사라질 운명인지라 5년 앞당겨 폐광 수순을 밟게 되었다.

이제 탄광은 점점 더 깊게 파고 들어가야 하는 자연적인 어려움에 봉착했다. 시장 논리로 따지면 이로 인해 생산 원가를 올려야 하고 연탄값도 올려야 맞다. 하지만 취약계층의 대표적 생필품이 연탄인지라 정부에서 가격이 오르지 못하도록 억제해 왔다. 대신에 매년 약 3000억 원에 이르는 예산을 연탄 보조에 투입해왔다. 그리고 삶의 질을 논하는 시대에 탄광 근로자의 건강과 안전에 대한 문제도 대두되었었다.

정부는 광산근로자의 조기 실직에 따른 특별위로금을 올해 예산에 반영했고 구체적인 행정 절차에 착수했다. 지급기준도 마련됐다. 기준급여(기본급의 100% 또는 월평균 임금의 45% 중 선택)에 남은 정년을 고려해 산정하며, 대책비 중 전업 준비금도 지급한다고 한다. 하지만 100년이 넘도록 걸어온 길을 멈춘다는 것은 가슴 짠하다.

부자가 망해도 3년 먹을 것이 있다는 옛말이 생각난다. 인천 석탄 비축은 정부와 강원도탄을 보관해 둔 장소 중 하나다. 현재 연탄을 연료로 쓰는 가구는 전국에 7~8만 가구가 있다고 한다. 석탄 생산을 중단한다고 하더라도 필요한 사람들을 위해 대비책을 세운 것이다.

그 누구도 기초 생활 유지에서 배제되지 않는 나라가 진정한 선진국이 아닌가.

이와 같은 맥락에서 부디 다음 세대가 더욱 쾌적하고 풍요로운 환경에 살아 주기를 바란다. 그들이 석탄 역사의 한 페이지를 기념해 준다면 무엇을 더 바라겠는가.

① 2023. 9. 22. 인천석탄비축장 방문

② 2023. 9. 22. 인천석탄비축장 방문

③ 2023. 9. 22. 인천석탄비축장 방문

④ 2023. 9. 22. 인천석탄비축장 방문

④ 검은 사나이들의 불꽃

석탄은 장구한 시간이 우리에게 준 최고의 선물이다. 세상에서 가장 값진 것은 돌이킬 수 없는 시간일 것이다. 모든 생명체의 1회성 삶을 근간으로 책정된 가치이기 때문이다. 생명체가 없이 흐르는 시간은 그냥 허공이며 무슨 의미가 있겠는가.

시간이라는 레일 위에서 나고 자라고 스러지는 일을 무한 반복하는 생명체들을 생각하면 숙연해진다. 그것들이 만들어 내는 변화를 역사라고 하지 않던가. 역사는 만물의 영장인 인간에 의해 보존되고 가치와 의미를 더해 왔다. 이는 인간이 동물과 다른 점이기도 하다.

3억 5천만 년 전, 고생대를 석탄기라고 한다. 그때 지구에 무슨 변동이 있었는지 자세한 것은 모르지만 식물질이 땅속에 묻혀 버렸다. 그리고 열과 압력을 받고 분해되어 검은색 또는 갈색의 가연성 광물질로 거듭난 것이라고 한다.

까마득한 시간의 저편을 닮은, 속을 알 수 없을 만큼 새까만 석탄을 보면 경외감이 일기도 한다. 절대자의 숨소리가 들리는 듯해서다.

광부들은 날마다 지하에서 절대자와 겨루기를 해 왔다. 목숨을 거는 대신 지상에서의 넉넉한 먹잇감을 보장받았다. 극과 극의 세계를 100년이 넘도록 오르내린 이 땅의 아버지들이 얼마나 위대한가. 검은 석탄에서 붉은 불꽃을 사르면서 식솔을 이끌어 온 거룩한 희생은 대한민국 역사의 한 페이지로 길이길이 남을 것이다.

석탄과 혼연일체가 된 검은 사나이들의 뜨거운 역사를 돌아본다.

일제 시대에도 있었고, 전쟁 직후 1960년대에는 독일로 파견을 나가기도 했었다. 이른바 서독파견 광부였다. 말도 통하지 않는 타국의 지하 1000미터에서, 강도 높은 노동을 견딘 강단은 말 그대로 인간승리라고 해도 과언이 아니다.

그 힘은 국내 땅속으로 이어졌다. '잘 살아보세' 외치면서 같은 방향으로 걸어가던 시절이어서 힘든 줄도 몰랐을 것이다. 마치 일개미처럼 갱도를 드나들며 죽어도 좋다고 남모르게 각오를 다지면서 말이다.

마치 행군 같은 열정은 1980년대에 전성기를 이뤄서 400여 개의 크고 작은 광산과 5만 명이 넘는 광부들이 있었다.

인간으로서 최소한의 품위조차 유지하기 힘든 생존 공간에 살아낸 검은 사나이들, 그들 덕분에 대한민국은 훈기(薰氣)가 돌았다. 중장년의 연령층은 누구나 연탄과 얽힌 추억이 있을 것이다. 가스 노출의 위험에도 전 국민의 온기를 지킨 연탄아궁이, 시간과 구멍을 맞추어야 하는 연탄갈기, 월동준비 1호였던 연탄광 채우기, 눈 오는 날 비탈길에 미끄럼 방지용으로 깔려있던 연탄재 부스러기, 골목에 산더미처럼 쌓여 있던 다 타버린 연탄재, 개구쟁이들이 공터에서 차고 놀던 연탄재….

안도현 시인의 "너에게 묻는다" 시 구절인 "연탄재 함부로 발로 차지 마라/ 너는/ 누구에게 한 번이라도 뜨거운 사람이었느냐"가 실감 나는 시절이었다.

날마다 석탄 분진에 묻혀서 가족에 대한 붉은 사랑을 하얗게 불태웠던 검은 사나이들! 그들의 숨결이 자취를 감추는 것은 아니다. 석탄이 우리의 삶에서 쓰이지 않는다고 해도 검은 사나이들이 태워 올린 불꽃은 현대사에 영원히 살아 있을 것이다. 시간의 레일 위에서 과거의 비밀을 간직한 화석처럼.

① 도계광업소 인차

② 도계광업소 발파팀

③ 도계광어보 내부 작업 사진

④ 장성광업소 내부 전경

⑤ 마치면서

　2023년 11월 8일, 대한석탄공사 사장으로 취임한 지 만 2년이 되었다. 시작이 반이라고 했던가. 기대와 설렘, 그리고 우울감이 공존했던 출발이 어제 같은데 이제는 나만의 눈으로 전체를 살피는 경지에 이르렀다. 공들여 작품을 완성한 후의 도공(陶工) 기분이 이러할까.

　긴긴 여름 해가 짧아지기 시작할 즈음, 대한석탄공사를 떠나리라고 마음먹었다. 내게 정해진 임기는 돌아오는 2014년 11월 8일이니까 1년이 남았다. 마지막 장성광업소까지 문을 닫으려면 아직 2년이 남았다. 뭔가 어정쩡하지 않은가. 내가 1년 먼저 떠나는 것이 옳다는 생각이 들었다. 다시 말하면 폐광 시기 2년을 나보다 더 유능하고 덕망 있는 인재가 마무리함이 좋을 것 같았다. 마치 릴레이 경주에서 가장 실력이 뛰어난 선수에게 최종 바통을 넘기는 것과 같은 이치다.

　물론 한편으로는 장성광업소, 도계광업소를 끝까지 책임지지 못한 것이 마음 무겁다. 그중에는 정든 직원들에 대한 미련도 차지하고 있다. 마지막 버스를 함께 탄, 애틋한 인연이라서 그런가 보다. 내가 그들을 위해 할 수 있는 일은, 새로운 기회가 주어지기를 간절히 빌어 주는 것뿐이다. 얼마나 실체 없는 공허함인가.

"박수 칠 때 떠나라."는 말이 있다. 최선을 다한 후에 자리를 비워줌이 존경을 받을 일일 것이다. 그리고 세상을 쥐고 흔드는 권력도 10년이면 변동이 오고 아무리 아름다운 꽃도 10일을 넘기기 어렵다고 했다. 이는 역사 속으로 사라져 가는 대한석탄공사의 모습과도 닮았다.

어쩌면 존재하는 모든 것은 변화하고 사라지기 때문에 귀한 것이 아닐까.

현재 50세에서 100세 사이의 사람들은 변화와 사라짐을 선명하게 체험한 사람들이다. 농자천하지대본(農者天下之大本)이라는 농업장려 시대, 조국근대화를 외치던 산업화 시대, 지식정보화를 힘의 원천으로 삼던 컴퓨터 시대, 그리고 지금의 인공지능 문명까지 말이다. 그럴 때마다 사회적 분위기도 엇갈렸었다. 새로움에 적응하지 못하고 "그때가 좋았지" 타령만 하는 군상, 애써 배우고 익히는 군상이었다. 각자 독특한 인식의 틀이니까 옳고 그름보다는 다름을 인정하는 것이 정답이었다.

그러나 분명한 것은 세찬 파도처럼 밀려왔다 사라지는 변화 속에는 항상 더 나은 내일이 있었다. 가풍을 좌우하던, 된장 고추장 간장 항아리가 없어진 식생활에는 최신식 양념들이 넘친다. 개울가 빨래터가 옛이야기로 남은 자리에는 사시사철 편리한 세탁기가 있고, 연탄이 사라진 배경에는 깨끗하고 편리한 에너지가 있었다. 불과 30여 년의 기간인데 속도가 너무 빨라서 모든 것이 까마득한 옛날처럼 느껴지는 변화들이다. 그 안에는 시계를 돌려놓고 머물고 싶은 순간들도 있다.

나는 석탄공사 관사에 혼자 거주하면서 그 느낌을 만끽하고는 했다. 어머니의 손맛이 그리운 감자볶음을 거의 매일 해 먹었다. 그 어떤 산해진미가 이처럼 변함없이 좋을 수 있을까. 천하를 호령하던 권세도 눈길을 사로잡던 아름다움도 세상을 울리던 예술인도 시간을 거스를 수 없지만, 사람의 혀끝 감각은 그대로 유지가 가능한 것인지. 아마도 불변하는 세포 형질 때문에 모든 인간은 평등하다고 하는 가보다.

한 인간으로서, 대한석탄공사 사장으로서 나만의 가치를 측정해 본다.

정부는 석탄광산 폐광 시기를 2030년도를 계획하고 있었다. 그것을 내가 5년을 앞당겨 2025년도에 종결하도록 이끌었다. 직원들이 일자리를 잃는 아픔을 겪지만, 장기적으로 보면 순직으로 인한 인명 손실과 분진으로 인한 건강 보호 등을 위해 옳을 수도 있다. 풍요로운 21세기 대한민국에서 생명보다 소중한 것이 어디 또 있으랴. 그리고 국가 차원에서도 많은 예산 절감이 되었다. 매년 발생했던 손실금을 5년 동안 합치면 상당한 액수였다.

태양이 지지 않으면 어찌 내일이 있겠는가. 석탄공사가 남긴 빛나는 업적에 힘입어서 나를 포함한 모두의 내일이 찬란하기를 간절히 바란다. "지는 해 속에는 내일이 있다"는 평범한 진리를 가슴에 품고서 말이다.

① 2023년 11월 1일. 제73주년 창립기념 사진

② 석탄공사 사장으로서 쉬지 않고 공부하고 생각하면서 2년을 보냈다.

③ 원주 혁신도시 내에 있는 본사 건물이 두 팔 벌려 하늘을 안고 있다.

④ 어둠 속에서도 빛나는 대한석탄공사 풍경, 영광의 70년을 말해 주는 듯하다.

지는 해 속에는 내일이 있다

초판 1쇄 발행 2023년 12월 18일

지은이   원경환
펴낸이   이기봉
편집   좋은땅 편집팀
펴낸곳   도서출판 좋은땅
주소   서울특별시 마포구 양화로12길 26 지월드빌딩 (서교동 395-7)
전화   02)374-8616~7
팩스   02)374-8614
이메일   gworldbook@naver.com
홈페이지   www.g-world.co.kr

ISBN   979-11-388-2590-0 (03810)